L'ABBAYE

DE SAINTE-CROIX,

ou

RADEGONDE;

REINE DE FRANCE.

IMPRIMERIE DE COSSON.

L'ABBAYE

DE SAINTE-CROIX,

ou

RADEGONDE,

REINE DE FRANCE;

PAR MADAME A. GOTTIS.

TOME TROISIÈME.

PARIS,

LECOINTE et DUREY, LIBRAIRES,

QUAI DES AUGUSTINS, Nº 49.

1823.

L'ABBAYE
DE SAINTE-CROIX,
ou
RADEGONDE,
REINE DE FRANCE.

~~~~~~

CHAPITRE PREMIER.

MAIS la haine veillait, mais la haine n'était pas restée oisive : Euric était présent lorsque le monarque accorda à sa jeune et belle épouse cette marque de son attachement : furieux de l'empire qu'elle avait sur l'esprit de Clotaire, il se rendit près de Chusène ; là, sans crainte, il exhala son ressentiment contre sa souveraine. Je conçois à présent, dit-il, sa profonde adresse ;

III.   I

elle veut éloigner ses plus chers favoris,
et régner seule sur cette âme faible e;
cruelle : cette douceur étudiée lui er.
impose, et sa rigide vertu le subjugue
entièrement. —Sa vertu, dit Chusène,
sa vertu ! quel nom donnerais-tu à lε
conduite d'une femme, d'une reine, qui,
en l'absence de son époux, entretien-
drait de pieuses conversations avec des
prêtres, des moines, jusqu'au moment
où l'aube du jour paraît. Je veux bien
croire que ces longues conversations
sont pures, sont innocentes : mais
l'esprit humain penche vers la méchanceté : y donner de l'aliment, c'est déjà se
rendre coupable. — Que dis-tu ! et
qui a pu t'instruire de ces détails...?
— Les yeux de la haine et de la
jalousie. J'ai tout épié, j'ai tout vu.
Ce nouvel évêque a toute sa confiance : bien plus, je crois qu'il était

accompagné de quelque Thuringien
enveloppé dans une robe monacale :
du moins, un jeune homme sortit avec
lui ; sa figure était pâle et baignée de
pleurs, de profonds sanglots s'échap-
paient de sa poitrine oppressée. — Et
pourquoi n'avoir pas cherché à surprendre aussi ce qui se passait dans le
cœur de Radegonde ? — Le pouvais-
je ? Elle se serait défiée de moi : elle
aurait déjoué nos ruses : elle ignore
que je sois instruite... Si nous voulons
nous venger, la perdre, tout nous sera
facile : tu sais, combien il est prompt
à commander le meurtre, les sup-
plices ; tu sais combien la jalousie entre facilement dans cette âme avide
de cruauté : enfonce adroitement le
poignard dans son sein ; verses-y les
poisons de la calomnie ; il ordonnera
son trépas, il dédaignera de la voir,

de l'entendre ; elle périra , et nous serons triomphans ! mais garde - toi surtout de l'accuser ouvertement : au contraire, nomme excès de piété, de zèle pour la religion ces nocturnes entrevues : l'imagination de Clotaire fera le reste. Oh ! si mes yeux pouvaient contempler le doux spectacle de son trépas ! si le barbare pouvait lui plonger son épée dans le sein ! je serais vengée et d'elle et de lui.... Cette image sanglante le poursuivrait partout ; alors il me serait facile de reprendre l'empire que j'avais sur lui.— Ne t'en flatte pas ; l'amour éteint ne se ralume plus : — Voudrais-je de son amour ? le mien n'existe plus : je ne veux que du pouvoir : je ne veux que satisfaire mon ambition : elle me dévore ; oui, je voudrais placer sur la tête de mon fils la couronne de son père : il l'avait promis.. ; et, prince

sans honneur, il manque à des promesses
attestées devant le Dieu que nous servons
tous deux. — Clotaire ne craint pas de
prendre le Tout-Puissant pour garant
de ses traités, de sa foi envers ses ennemis. Mais que de fois il a trahi
et le ciel et ses sermens ! que de fois
il a souillé la terre du sang de ses con-
fiantes victimes ! il vit pourtant , et
l'Eternel ne le punit pas. — Euric,
cher Euric , tu sais tout. Saisis le moment propice. Le favori se retira, en
promettant de mettre à profit la découverte de son indigne parente.

Radegonde rentra dans son appartement , éprouvant une vive satisfaction :
c'était la première qu'elle ressentait depuis son mariage avec Clotaire; aussi
la goûtait-elle dans toute son étendue :
cette satisfaction ne serait pas suivie
de craintes , de pénibles soucis : ceux

qu'elle avait arrachés à la misère et à la
mort, dans l'éternité plaideraient sans
doute pour un époux criminel ?

Ces pensées l'occupaient, quand elle
se ressouvint de l'orpheline dont elle
était devenue la protectrice : elle appela
ses femmes, et commanda qu'on la con-
duisît devant elle, à l'instant. Bientôt la
timide captive entra dans sa chambre.

— Jeune fille, dit la reine, tes conci-
toyens sont allés revoir leurs foyers ;
Je ne t'ai pas demandé si tu voulais
les suivre ; les cendres de ta mère res-
tent en ce pays. — Madame, mon
cœur vous doit une éternelle reconnaissance pour un si grand bienfait ;
mais si vous eussiez voulu l'exiger....
pardonnez...., j'aurais désobéi à vos
ordres ; je serais morte sur son tombeau.
— Chère et vertueuse enfant, quel
est ton nom ? — Mon nom est Théo-

delinde. — Ton rang ? — Je n'en ai
plus. — Quel était-il enfin ? Je suis
nièce de Gondemar : ma mère fut sa
sœur. Voilà qui je suis. — Si l'amitié,
si l'appui de Radegonde peuvent adoucir les douloureux chagrins, je t'offre
l'un et l'autre. — O reine, s'écria la
jeune princesse, que de bontés ! et
s'inclinant, elle baisa les mains de
l'épouse de Clotaire avec les marques du plus profond respect. — J'ose
croire, jeune Théodelinde, que je parviendrai à calmer ta profonde tristesse.
Aussitôt elle la remit à une femme
respectable à qui elle donna le digne
emploi de veiller sur cette aimable
plante arrachée du sol qui l'avait vue
naître, embellir et croître jusqu'au
moment où elle fut, comme elle, trans-
plantée dans une terre étrangère.

Clotaire n'avait pas encore eu le

loisir d'interroger Euric sur la conduite de la reine pendant son absence ; où plutôt, l'aimant avec idolâtrie , il tremblait d'apprendre quelque incident qui pourrait empoisonner le bonheur dont il jouissait : car enfin , la reine l'écoutait avec complaisance ; elle n'avait pas besoin d'être appelée pour se rendre dans sa royale chambre. Ces procédés affectueux, il les devait à l'acte d'humanité auquel il s'était laissé entraîner de son propre mouvement.

Euric , lui dit-il un jour , que dit-on du renvoi des Bourguignons vaincus ? — Sire ; le peuple ose-t-il blâmer les actions de ses maîtres ? — Eh bien , l'approuve-t-il ? — Sire, je ne sais. — Ton hésitation me confirme ce que j'avais déjà pensé : les Français auront vu d'un œil courroucé cet acte de ma complaisance pour Radegonde. Ils auront

murmuré peut-être. — Je ne crois
pas : ils disent, sans doute, ce que tous
ceux qui ont eu le suprême bonheur de
voir la reine, diront : que sa beauté,
sa jeunesse, sa vertu, sa piété exem-
plaire, méritent de votre part tous
les sacrifices qu'il lui plaira vous im-
poser. — On la jugerait mal ; elle
n'exige et ne demande rien. Depuis
cet instant elle met tous ses soins à me
plaire, à prévenir mes désirs; douce,
attentive, un sourire aimable effleure
ses lèvres charmantes : sourire que
mes regards avides n'y avaient point
encore aperçu. Mais, j'y songe, l'heure
est avancée, et je suis privé de son
agréable visite. Courez, allez chez la
reine, et informez-vous de ce qui peut
la retenir si long-temps loin de moi.
Celui qui avait reçu cet ordre sortit à
l'instant. Quelques minutes après il re-

vint, et rapporta la réponse de la reine.
Elle suppliait son royal époux de lui
permettre d'entretenir encore quelques momens le sage évêque Fortunat,
qui, arrivant d'un très-long voyage,
avait cru devoir lui consacrer la première
heure de son retour au milieu de son
fidèle troupeau. Clotaire ne put dissimuler son dépit : encore ce prêtre,
dit-il en froissant le parchemin dans
sa main nerveuse : encore ce prêtre !
eh ! que peut-elle avoir de si pressé,
de si important à lui confier... — Nouvelle chrétienne, elle a besoin de se
faire instruire des mystères de notre
sainte religion : que craignez-vous, sire,
cette âme vertueuse et pure, veut
connaître quels devoirs lui sont impo-
sés : cette conscience timorée conserve
encore quelques scrupules : de là ces
longs entretiens, qui pourraient blesser

la tendresse d'un époux moins généreux que vous, sire ; mais la reine mérite votre confiance ; elle y a des droits...

— Laisse ces droits prétendus : les
femmes que j'honore de mon amour
et de ma main n'ont de droits que
ceux que je veux bien leur accorder.
Mais enfin, qu'a-t-elle fait durant mon
absence ? Quels sont les grands qui
furent admis en sa présence ? As-tu
pris quelques informations : réponds,
réponds sans détour et sans crainte.

— On m'a rapporté que la reine ne
quitta presque point les marches de
l'autel. Elle priait, n'en doutez pas,
sire, pour le succès de vos armes. —
Oh ! non, son cœur est encore ulcéré
de la ruine de son pays ; non, elle n'a
pas prié pour que les Français fussent
victorieux. Qui l'accompagnait dans
ces éternelles dévotions ? — L'évêque

Fortunat, et un jeune religieux de son ordre. — Serait-ce possible..... ? Qui ose ainsi calomnier la reine ? — Bien plus, hélas ! où la calomnie s'arrête-t-elle ! rien n'échappe à sa perversité : ils assurent que leurs entretiens duraient assez souvent jusqu'au soleil levant, et qu'il y a peu de jours on a vu sortir ce jeune moine, désespéré, et les yeux inondés de pleurs : on l'a vu. Vous m'avez ordonné de vous parler sans détour et sans feinte, je l'ai dû. Quoi qu'il en puisse arriver, l'honneur de mon souverain, de mon maître, m'est plus cher et m'est plus sacré que la vie. Je m'expose au courroux de la reine, peut-être au vôtre, seigneur : une femme aimée, une femme adroite, par sa douleur, par ses larmes, détourne aisément l'orage qui gronde sur sa tête. Et si vous me sacrifiez à votre amour pour elle, aucun de vos serviteurs ne s'exposera plus : tous garderont le silence sur ce qui se passera autour d'eux, et, trompé de tous côtés, vous n'aurez plus un cœur sur lequel vous puissiez compter. — Elle ne saura jamais celui qui me dévoila son crime. Non, j'en jure par l'épée royale sur laquelle je pose la main... Mais je me perds dans les plus affreuses conjectures : ce moine qui accompagnait le perfide Fortunat... : si c'était celui que jadis elle aimait..., qu'elle aime encore, je le crains, hélas ! malheur à lui, malheur à elle ! malheur au prêtre qui les a réunis... ! ô lâche cœur, tu viens d'apprendre quel est ton outrage ! tu le connais..., et ils vivent ! et leurs yeux criminels ne sont point fermés pour jamais à la lumière... ; ils vivent! Qu'on appelle Radegonde, qu'elle vienne à l'instant. Laissez moi seul avec elle, Euric, sortez. Le favori salua, et se disposait à obéir à l'ordre impérieux qu'il venait de recevoir, quand Clotaire, le rappelant, ajouta : Ecoutez, mes gardes vous suivront chez la perfide : que le traître que vous allez trouver près d'elle soit chargé de fers, et plongé dans le plus obscur cachot. Je le veux : allez.

Euric entra dans la chambre de la reine, et lui transmit l'ordre de son époux ; elle se levait pour se rendre où son devoir l'appelait, quand le perfide s'adressant à Fortunat, dit : Seigneur évêque, le roi m'a chargé de m'assurer de votre personne sacrée ; des soldats vous attendent à la porte de cet appartement. — Moi, répondit le prélat, moi ! Oserez-vous mettre la main sur l'oint du Seigneur ! — Mon maître

commande, je n'examine rien.—Grand
Dieu, s'écria Radegonde, où sommes
nous, et qu'allez-vous devenir, mon
père? — Ne craignez rien, ma fille,
Dieu est là. Pâle, tremblante, craignant
tout de la fureur de Clotaire, d'un pas
chancelant elle se rendit près de lui.

Lorsque les satellites du roi de Soissons aperçurent celui qu'ils devaient
charger de chaînes, ils reculèrent avec
effroi: pouvaient-ils commettre un semblable sacrilége! Voyant leur hésitation, et connaissant le caractère farouche du tyran, Fortunat s'approcha du
garde qui portait les fers, et lui dit:
Tu dois obéissance au monarque que le
Ciel t'a donné, soldat; je te remets la
peine que tu pourrais encourir aux
yeux de Dieu. N'hésite plus, voici mes
mains. Baissant les yeux, l'homme à
qui il venait de s'adresser accomplit

son devoir en frémissant ; plus hardi ,
Euric le conduisit au cachot en joignant
dans ses discours l'ironie à l'insolence.

Radegonde se trouvait déjà devant
son impitoyable époux : en voyant la
pâleur livide qui couvrait sa terrible figure , elle s'arrêta : — Femme impu-
dique, s'écria-t-il, oses-tu bien entretenir un commerce scandaleux avec cet
indigne serviteur de l'Éternel ! Sa mort,
mais une mort affreuse va payer son
audace et me venger.... Ses membres
déchirés serviront de pâture aux oiseaux
de proie; ni tes prières ni tes larmes
ne pourront le sauver de ma fureur !
misérable, infâme adultère, toi que
j'ai retirée d'un honteux esclavage, en
mon absence , tu oses souiller les murs
de mon palais par ta scandaleuse conduite ! tu profanes la couche nuptiale ;
tu dois périr : mais ce ne sera qu'a-

près avoir vu ton détestable complice
subir le supplice auquel je viens de le
condamner. — Si je suis criminelle des
horreurs dont vous m'accusez, ordonnez mon trépas ; mais ne déshonorez
point votre bouche par des injures indignes de la majesté royale : ordonnez
mon trépas, je suis prête à paraître
devant le trône du Dieu de Clovis. —
Et c'est ce même Dieu, qui permet que
tout soit découvert, c'est lui qui a dévoilé tes trames odieuses ; c'est lui qui
a permis que je fusse instruit de tes
entrevues nocturnes avec ce Fortunat
et je ne sais quel autre misérable.... —
Fortunat est innocent! —Est innocent,
malheureuse ! — Il l'est. Penses-tu,
roi, qu'au moment où le glaive homicide est suspendu sur ma tête, je
voulusse offenser le Ciel par d'indignes
mensonges ? Ne le crois pas. — Quelle

1*

audace , quelle assurance dans sa perversité ! — J'ai dit la vérité, et je le ré-
pète encore , l'évêque est innocent.
— Si ce que tu affirmes ainsi était
possible , quel serait donc l'être vil
dont il était accompagné , et qui fut
aperçu le visage baigné de larmes, pâle,
et laissant échapper de sa poitrine des
sanglots douloureux.... Tu trembles et
ne me réponds point.... ; ma haine l'a
nommé... C'est le lâche Raoul , qui ,
prince sans énergie, a survécu à sa
honte , à la perte de sa couronne et de
celle qu'il adorait.... — C'était Raoul;
c'était le noble héritier du trône de
Thuringe ; c'était lui , roi de Soissons.
— Tu me braves en affectant une telle
magnanimité ! — Je ne brave point ;
j'attends la mort : je l'attends sans
crainte et sans frayeur. Mais , avant
de mourir, je dois justifier l'homme
de bien : je dois te dire qu'un hasard

fatal nous avait rassemblés : Raoul....
Raoul, il faut que je l'accuse.... Raoul
trompa la vertu du prélat....; il vint
ici, et tous deux nous l'ignorions. —
Et que fîtes-vous quand vous le re-
connûtes ? — Je ne trouvai pas dans
mon cœur le courage nécessaire pour
le priver à l'instant de ma présence : je
souffris qu'il assistât à tous les entretiens que j'eus avec le sage évêque : je
suis coupable, vengez-vous. — Tu le
désires ! tu voudrais que mes mains se
trempassent dans ton sang et t'arra-
chassent la vie, afin d'être délivrée de
ma vue...; tu le voudrais...; mais mon
amour jaloux veut encore te posséder :
tu m'appartiens...; un autre assouvira
ma fureur : coupable ou non, ce prêtre,
que tu respectes, va périr.. —Arrêtez,
barbare.... Par tout ce que les humains ont de plus sacré, de plus saint,

ne vous rendez pas coupable d'un sacrilége affreux ; songez à votre âme,
songez à l'éternité qui vous attend. Ah!
Clotaire, votre Dieu vous pardonne-
rait-il le meurtre d'un de ses ministres?
Ne croyez pas, ô vous qui tenez la ha-
che meurtrière en votre puissance,
que ce soit pour le sauver du trépas
que je vous implore ; c'est pour vous,
uniquement pour vous que je vous
parle avec cette chaleur : quant à lui,
il acceptera avec transport la palme du
martyre ; je le sais. — Hé bien, si tu
veux le sauver..., il en est un moyen?
— Quel est-il? — Nomme le lieu où
Raoul porte ses pas.... Je te rendrai ce
prêtre que tu aimes.. — Raoul est en sûreté ; ta fureur, ta puissance ne peuvent l'atteindre. J'ai dû solliciter la
grâce de l'homme vertueux, je l'ai dû :
à présent, si tu ordonnes sa mort, je

périrai avec lui ; étant la cause de sa
perte, je dois la partager. Tu peux
commander son supplice. — Femme
éhontée, c'est devant l'époux que tu
outrages, que tu oses t'exprimer ainsi!
Tu ne redoutes donc pas les effets de sa
colère. — Je suis résignée à la mort...
Qui pourrait m'épouvanter ? — Et si
pour la première fois je faisais grâce..
si ma clémence s'étendait sur celui que
tu protéges! — Je dirais que le Ciel a
daigné accueillir mes prières, et qu'il a
changé le cœur de mon époux... Heureuse alors, je pourrais espérer un doux
avenir : Clotaire, vaillant, hardi dans
les combats, soumettant tous les peuples sous son sceptre puissant, join-
drait à ces nobles et brillantes qualités
celles de prince généreux et humain !
il serait digne de son haut rang et de
lui-même de savoir vaincre ses for-

midables passions et de les dompter?
— Tu crois donc que les peuples me
sauraient quelque gré d'être faible,
compatissant? — Les vertus ne sont
pas l'apanage des âmes sans énergie :
un caractère fort, altier, peut tout,
car il peut se maîtriser lui-même ; et
la véritable vertu est celle qui sait
étouffer ses sujets de plainte, et qui sait
pardonner les offenses qu'elle a reçues.
Imite cet exemple : sois roi, sois
homme, sois juste, et ne punis que les
coupables. L'évêque est innocent !

Le feu de ses regards, la touchante
attitude de sa personne, la noblesse
répandue sur son front, et surtout la
véhémence de ses paroles, ou peut-
être sa beauté et l'amour de Clotaire,
attendrirent ce cœur, jusqu'à ce jour
inaccessible à la pitié. — Hé bien! dit-
il en se levant et la serrant dans ses

bras , je suivrai tes conseils ; je pardonnerai. Gardes , courez à la prison , et dites que le roi commande que les fers qui pèsent sur les mains pieuses du prélat de Soissons soient détachés à l'instant. Volez où ma voix vous l'ordonne. Allez. Radégonde, émue, touchée de cette nouvelle preuve de sa passion pour elle , dit : Que le Ciel accorde de longs jours à mon généreux époux ! Qu'il lui tienne compte du triomphe qu'il vient d'obtenir sur sa colère. Mais , ô prince , ce n'est pas assez de savoir la dompter : les rois ne doivent point prêter une oreille complaisante aux rapports empoisonnés des favoris. Eloignez , éloignez de vous , ô Clotaire , ces hommes qui se plaisent à flatter , à irriter vos passions , et qui , forts de l'empire qu'ils obtiennent par de basses adulations , vous entraînent à des actions indignes de vous et du rang suprême que vous occupez. Ce langage vous surprend, vous irrite peut-être dans ma bouche : moi, qui, il y a peu d'instans, voyais le glaive meurtrier suspendu sur ma tête proscrite; mais, quelle que soit votre pensée, tant que le Ciel me laissera partager et votre trône et la couche nuptiale, je vous tiendrai le même langage : il importe à ma gloire, à mon nom, que mon époux ne laisse pas sa mémoire, sa renommée, entachées des titres odieux de sanguinaire, de tyran et de barbare ! Pardonnez..... le passé ne peut s'effacer du souvenir des hommes : cependant on peut le racheter, on peut, par de grandes et de nobles actions, je ne di pas faire oublier, mais atténuer les torts dont on s'est rendu coupable.... Cet air sévère ne me surprend pas.. ; Clotaire, qui osera vous faire entendre la vérité, si ce n'est moi... : ai-je hésité à vous faire l'aveu de ma faute ? ai-je hésité à prendre la défense de l'homme outragé ? qui ne sacrifie que sa vie, que soi-même, peut tout hasarder... Vous devez m'accorder votre confiance ; vous le devez : le seul soin de votre gloire m'occupe : l'amour qui forme ordinairement les hyménées des rois n'a point eu de part à la foi que que je vous ai donnée ; excusez ma franchise , vous ne l'ignoriez pas : ce n'est donc que pour vous , et pour l'intérêt de votre puissance, que j'ose vous parler ainsi. Si vous continuez à vous livrer à de coupables actions , le Ciel ne les laissera point impunies.... Un jour le sang versé s'élevera contre vous, et vous serez frappé dans ce que vous aurez de plus cher.... Dieu n'oublie

III. 2

rien. — Radegonde, dit le roi de Soissons, si vous voulez me conduire dans le chemin de la vertu, ne me quittez pas d'un seul instant. Irascible, impétueux, farouche même, et dévoré d'une ambition toujours croissante et sans bornes, tel est l'époux auquel le destin vous a liée. Mais jugez combien vous m'êtes chère : j'ai pardonné votre offense, celle de ce prêtre, et même celle d'un rival... aimé...., peut-être. — Je suis enchaînée à votre sort, seigneur ; l'amour que je ressentais pour un autre a dû céder à mes devoirs....; celui que vous craignez n'est plus pour moi qu'un frère, qu'un ami. — C'est assez. Laissons ce sujet pénible ; son nom réveillerait la haine qui commence à sommeiller dans mon sein. — Vous devez l'étouffer. Il est malheureux, il est errant, sans patrie ; la pitié doit

succéder aux jaloux sentimens qu'il
vous inspirait. — Mais, tu l'aimes encore ? — Je suis épouse... ; l'amour ne
vit plus dans mon cœur. — Un instant
peut le faire revivre. — Ah ! ne lui en-
viez pas le sentiment que je lui conserve.
Clotaire, pourquoi s'entretenir de sujets douloureux? pourquoi soi-même se
déchirer le cœur? — Aimable et noble
caractère ! que ne te devrai-je pas dans
le cours de ma vie ? Sois mon guide,
mon conseil dans les hautes fonctions
qui me sont dévolues par l'Eternel !
Veux-tu que je chasse de ma cour, de
mon palais, les perfides qui ont fait
couler dans mon oreille les poisons de
la calomnie ; que je chasse à jamais
cette Chusène, qui prétendit à la place
où je t'ai fait monter ; et même celles
à qui j'ai prodigué les richesses, les dignités et ma tendresse? dis, le veux-

tu? — Ces femmes furent honorées de
votre amour ; il doit les protéger contre toute infamie et toute persécution :
bien plus, vous leur devez protection
et amitié. — Toujours vertueuse et
compatissante. Mais ce prêtre dont je
viens de briser les fers ne paraît point
devant moi ? ne me doit-il pas quelques actions de grâces. — Il ne vous
doit rien pour avoir fait un acte de justice : c'est le premier devoir des rois.
D'ailleurs ce serait avilir le sacerdoce,
que de l'humilier sous le pouvoir tem-
poraire des souverains. Seigneur, n'at-
tendez pas de sa vertu un effort impos-
sible. — Plus je t'écoute, Radegonde,
plus ta douce éloquence me subjugue,
m'entraîne : que le jour où ma main te
donna l'anneau nuptial fut un jour
heureux pour moi ! Veux-tu connaître
quels sont tes ennemis ? — Oh non !

il me faudrait haïr et craindre toujours. Non, prince, non, ne les forcez
pas à rougir devant celle qu'ils vou-
draient perdre. Non, je ne veux rien
savoir. Que me fait leur inimitié? Dieu
daigne permettre que vous donniez
créance à mes paroles, je ne veux rien
de plus. Je préfère l'ignorance où je
suis à la lumière pénible qui dessille-
rait mes yeux. Vous me rendez votre
amitié, votre confiance, laissons les
méchans à leurs remords, laissons les
ourdir dans l'obscurité leurs trames in-
sensées. Quant à moi, je ne puis que les
plaindre : ils seront assez punis, en
voyant que le nuage qu'ils avaient
amassé sur ma tête s'est évanoui au
flambeau de la vérité ! Clotaire, après
cet entretien, satisfait de la raison,
des sages avis de sa charmante épouse,
et surtout de sa candeur, l'embrassa

tendrement, et la reconduisit en triomphe chez elle.

Euric se trouvait sur leur passage,
Euric, qui pendant cette longue confé-
rence s'était présenté plusieurs fois à la
porte de son maître ; il pâlit en remar-
quant leur intelligence, et trembla que
Clotaire ne vengeât sur lui les outrages
et les discours offensans qu'il avait répandus sur une reine qu'il aurait dû
respecter.

Un autre motif augmentait encore sa
frayeur ; l'officier qui avait fait sortir le
prélat de son cachot, attendait aussi
pour rendre compte au roi que ses
ordres avaient été exécutés ; cet acte de
déférence pour son épouse, cette tendresse toujours croissante, l'intimidè-
rent, et lui firent craindre de nouveau
que le monarque n'exhalât sa fureur sur
ceux qui l'avaient provoquée.

Radegonde, calme, belle, quoiqu'un
peu pâle, traversa la foule qui obstruait
la chambre royale, un faible sourire
erra sur ses lèvres, et voyant les respects dont elle était l'objet : Ah ! disait-elle, combien peu sont sincères,
et combien peu partent du cœur !

Fortunat attendait la reine : il la
salua profondément ainsi que le souverain ; son maintien grave et sévère
montrait qu'il était grièvement blessé
de la conduite de son époux.

— Seigneur évêque, dit le prince,
j'avais pensé que vous auriez dû vous
rendre à mon appartement. — Pour
quel motif, roi de Soissons ? Je n'avais
rien à vous communiquer. — Je croyais
que ma clémence me donnait quelques
droits à votre reconnaissance. — Votre
clémence, seigneur, en quoi l'ai-je
méritée ! je ne crois point avoir commis

de forfaits ! je ne dois aucune gratitude
à qui me rend justice, après m'avoir
offensé : c'est à la reine, à elle seule,
que j'adresserai mes vœux. Elle seule
aura pris ma défense, j'en suis certain.
— Il est vrai, j'ai voulu lui complaire
en vous arrachant au sort affreux que
vous vous étiez préparé : j'ai cédé à
ses prières, à ses vertueuses paroles :
vous êtes en liberté, mais je n'entends pas être bravé par votre audace
jusque dans mon palais : j'adore Radegonde ; tout mon royaume, toute la
France le sait : cependant, si je pouvais penser qu'elle voulût tirer avantage de ce même amour, pour amasser
sur sa tête les respects et les hommages
des peuples, la main qui l'éleva si
haut saurait bien l'abaisser.... Ainsi,
seigneur abbé, ne vous glorifiez pas de
l'intérêt qu'elle prend à vous. — Les

menaces ne sauraient m'épouvanter. Le devoir d'un ministre du Très - Haut est de dire aux nations, aux maîtres de la terre, l'exacte vérité : je révère, je respecte la reine , toutes les vertus sont réunies en elle : déjà le destin s'est appesanti sur sa tête, et son noble caractère n'a point faibli sous les coups de la fatalité : toujours grande, généreuse... — Serviteur du Christ, Clotaire ne veut pas entendre l'éloge de sa femme qu'il aime, dans une bouche étrangère : ces louanges blessent son oreille et sa fierté. D'ailleurs, sied-il bien qu'une reine écoute les adulations des hommes que le sort a placés loin de son rang ? L'épouse du roi de Soissons ne doit recevoir que des marques de respect, et non point les frivoles discours de la flatterie. — Les hautes dignités ecclésiastiques mar-

chent sur la même ligne que les têtes
royales : sire, nous sommes égaux aux
monarques ; souvent même ils ploient
devant nous leurs fronts orgueilleux,
et leurs couronnes quelquefois ont
besoin de notre appui pour ne pas
chanceler : vous savez si j'impose en
vantant l'étendue de notre pouvoir. —
Voici l'appui que j'ai choisi, reprend
Clotaire avec hauteur, et posant la
main sur la poignée de son épée : voici
le mien ; il ne me manquera point,
tant que mon bras conservera quelque
force. — Si Dieu vous abandonne, vous
pourrez faiblir... N'a-t-il pas abattu
Samson ? la main d'un jeune homme
n'a-t-elle pas terrassé le géant Goliath !
Holopherne, le puissant général des
Assyriens, n'a-t-il pas succombé sous
les coups d'une femme ? que peuvent
les mortels sans le secours du ciel !

tout n'éprouve-t-il pas sa puissance infinie ? la nature de même, n'est-elle pas
soumise à ses lois ? Si l'Eternel le commande, les empires se détruisent ; les
montagnes, les rochers s'abaissent,
les eaux de la mer se tarissent,
les cités s'écroulent, et les peuples
s'entre-déchirent : quelque soit le pouvoir d'un souverain, il doit ne point
compter seulement sur sa force, il doit
remettre son sort et celui de ses sujets
sous la sauve garde du Père des humains. — Je connais votre politique,
vous préféreriez que je me confiasse à
vous, à vos prêtres ; et, faible monarque,
il me faudrait alors n'avoir de volonté
que la vôtre et la leur. Je ne suis pas
encore réduit à ce degré de bassesse.
— O monseigneur, dit Radegonde en
joignant les mains, n'insultez pas ceux
à qui le ciel a légué son pouvoir, crai-

gnez qu'un jour il ne les venge ! — Je
ne crains rien, madame. Je pouvais
venger mes affronts en faisant punir
celui que vous protégez ; aucune faiblesse n'a retenu ma volonté : je vous
ai cédé parce que vous m'êtes chère,
et que votre douleur serait pour moi
un véritable supplice : voilà mes motifs ;
je n'en ai pas eu d'autres. — Reine,
reprit Fortunat, je me suis rendu à
mon devoir, et à ce que l'amitié m'im-
posait ; je me retire. Adieu, madame.
Je m'éloigne, sire : quelque jour, quand
la fortune, qui vous accable aujourd'hui
de ses dons fugitifs, se sera lassée de
vous être favorable, quand l'adversité
frappera votre tête, vous tiendrez un
autre langage. Adieu, madame.

Le fougueux Clotaire, indigné de la
fierté de l'évêque, se disposait à révo-
quer la grâce qu'il venait d'accorder ;

mais la reine le supplia si ardemment de
ne point violer sa parole, qu'il con-
sentit enfin à laisser en liberté le vertueux prélat; mais, ne voulant point
que la princesse pût désormais écouter
ses sages avis et jouir de ses pieuses
conversations, il lui commanda de se
disposer à le suivre dans le voyage qu'il
allait entreprendre pour visiter son
royaume. Toujours docile, toujours
soumise à ses devoirs, la noble fille
de Thuringe, faisant abnégation d'elle-
même, remplissait sans se plaindre
tous les désirs de son orgueilleux maître : pourtant elle obtint de sa bienveillance d'emmener avec elle la jeune
Théolinde; quelques heures après cette
scène pénible, le monarque, son
épouse et leur suite, avaient quitté les
remparts de Soissons.

~~~~~~

CHAPITRE II.

L'impétueux fils de Clovis semblait avoir changé de caractère, mais,
loin que la froideur de Radegonde
éteignît son amour, elle l'augmentait
encore, et, désirant lui plaire, désirant en être aimé, il mettait tous ses
soins, toute son attention, à lui cacher
la jalousie dont il était dévoré.

Chusène, qui depuis nombre d'années
avait vu les nombreuses amours de Clotaire, ne pouvait dissimuler combien
cette constance extraordinaire l'éton-
nait : toutes les ruses avaient échoué
contre tant de vertu : ce qui eût causé la

perte d'une autre ne servait au contraire qu'à son triomphe ! O aveugle-
ment des hommes ! s'écriait-elle, combien de plus belles, de plus séduisantes
que cette femme ont été abandon-
nées sans pitié ! le cruel a-t-il eu compassion de leurs larmes et de leur désespoir ! il les fuyait ; et son oreille
endurcie ne se fatiguait plus à écouter
leurs plaintes et leurs gémissemens !

Malgré la fureur, malgré les perfi-
dies de sa rivale, la vie de Radegonde
était douce, paisible : rien n'en troublait
la tranquillité ; Clotaire, tout entier à la
guerre, aux soins de ses armées et
aux projets ambitieux, après avoir
veillé à leur réussite, revenait avec
transport vers sa jeune épouse chercher
de sages avis et goûter la douceur de
s'entendre ou blâmer ou louer avec
sincérité : tous les jours les touchantes

qualités de cette aimable femme le
frappaient davantage, et souvent il se
surprenait cherchant à l'imiter, et sans
le vouloir redisant les paroles vertueuses qui découlaient de sa bouche
charmante. Ainsi se passèrent quelques
mois.

Forte de sa raison et de l'empire
qu'elle avait acquis sur elle-même, la
reine porta toute son attention sur les
malheureux de son royaume : avec
quelle activité elle soulageait leur misère ! combien elle mettait de soins
à faire réparer les injustices ! les infortunés trouvaient en elle une mère compatissante ; les affligés recevaient de
tendres consolations ; les enfans dé-
laissés, par sa touchante bonté, étaient
recueillis dans des asiles fondés par sa
commisération : partout où Radegonde se montrait, dans les villes,

dans les hameaux, sa présence ramenait l'aisance et le bonheur ; la foule suivait ses pas ; le peuple bénissait son nom et le mêlait dans ses prières avec celui de la mère du sauveur des hommes : les cris de joie, d'amour, de reconnaissance éclataient sur son passage. Clotaire, orgueilleux de celle qui partageait son trône, quelquefois applaudissait aux transports qu'elle inspirait à ses peuples enchantés.

Une autre circonstance vint encore augmenter son attachement et son respect ; en rougissant la jeune épouse avoua qu'elle se flattait de l'espoir d'être bientôt mère. A cette heureuse nouvelle, craignant tout pour l'enfant qu'elle portait dans son sein, le monarque suspendit son voyage, et ordonna qu'on reprît la route de la cité royale.

2*

Cette découverte avait rouvert les blessures du cœur de la princesse : sa triste pensée rétrograda vers le jour où, parée des roses d'hyménée, elle marchait à l'autel pour s'unir à celui qu'elle aimait. —Malheureux Raoul, disait-elle, mes fils devaient être tes fils ! O douleur mortelle ! quel sera ton désespoir, cher Raoul.... Épouse coupable, dois-tu encore rappeler, et te souvenir d'un bonheur évanoui! oui, j'étais heureuse, il m'aimait ! hélas ! il m'aime encore : ô Dieu de Clovis, rends la paix à son cœur agité ! qu'il m'oublie ! Mais, le souhaité-je de toute ma volonté ? Non, c'est pour lui que je cherche à obtenir les suffrages des peuples ! c'est pour lui que je veux avoir quelques vertus ! je veux qu'elles accompagnent mon nom lorsqu'il frappera son oreille! c'est pour lui, pour lui seul! Et toi, qui ne

vois pas encore le jour, être encore inconnu, pardonne-moi si j'ai versé des
larmes à la certitude que tu allais me
devoir la vie ! pardonne-moi, pardonne à ta coupable mère! Et les pleurs
baignaient son visage.

Cependant cette faiblesse sur des
maux sans remède fut la dernière :
rougissant d'avoir pu concevoir un regret sur le bonheur qui allait être son
partage, lorsqu'elle consacrerait son
existence à l'innocente créature qui
palpitait dans son sein, Radegonde,
redevenant elle-même, jura intérieu-
rement de racheter cette faute par la
plus vive tendresse envers le fils de
son époux et le sien.

La mère du prince Chramne, l'ambitieuse Chusène, crut devoir alors
s'éloigner de la cour ; elle voulut forcer son fils à la suivre ; mais il crut,

dans cette circonstance, devoir obtenir l'assentiment de son père et de son roi : en conséquence il se rendit à la chambre de Clotaire.

Radegonde s'y trouvait : il expliqua le vœu de Chusène, sans dévoiler le motif qui la faisait agir ; le monarque le devina : irrité de l'obéissance de son fils, il répondit avec sévérité : — Partez, prince, suivez les volontés de celle à qui vous devez la vie ! Cependant n'oubliez pas que les murs de mon palais ne doivent point revoir un enfant ingrat. Partez, je l'ordonne ; et un geste impérieux accompagnait ces dures paroles. Chramne désespéré se disposait à sortir, quand la reine l'arrêta.

— Seigneur, dit-elle en s'approchant du souverain, embrassez le prince votre fils, celui qui vous est le plus cher !

comment pouvez-vous le chasser de
votre auguste présence avec une telle
dureté ? Vous l'aimez, m'avez-vous dit,
et sans regret vous l'exilez de vous !
voyez ses larmes, voyez sa pâleur...;
ouvrez-lui donc les bras paternels !
et, saisissant la main du prince, elle
l'attira doucement vers le monarque :
celui-ci, ému, touché, tendit les bras
à ce fils si tendrement aimé ; Chramne
s'y précipita, et les yeux de ces trois
personnes se mouillèrent de pleurs.

Cependant, dit elle, si mes prières ont
quelquefois trouvé grâce à vos yeux,
exaucez celle que je vais vous adresser :
Ne serait-il pas possible de donner à ce
prince le nom que la France donne aux
fils de ses souverains (*) ? — Quoi ! ma-

---

* Sous la première race, les enfans de
France portaient tous le titre de rois. Les

dame, vous voudriez que Chramne fût
traité comme les enfans qui vont naître
de notre hymenée ! qu'il portât le titre
de roi ! —Je le voudrais, sire, et le souhaite avec ardeur. Voudrais-je le priver
d'un rang auquel votre amour paternel
lui donne des droits ! et pourquoi serait-il exclu de votre royal héritage ?
Prince Chramne, et vous, roi de Soissons, jamais Radegonde de Thuringe
ne causera volontairement le moindre
déplaisir à qui que ce soit. Et quel fruit
recueillerais-je de mon injustice ! Aux
yeux de Dieu et de la nature, vous
êtes l'égal de mes fils. Avez-vous demandé à naître ? et faut-il vous punir
d'une faute qui n'est point la vôtre !
Excusez ce langage, prince, il pour-

---

princesses étaient aussi nommées reines.

    (*Histoire de France par l'abbé Velly.*)

rait blesser votre tendresse filiale. —
Madame, pourrais-je blâmer le langage
de la vertu la plus pure ? J'aime, je
chéris ma mère : mon regard indiscret
ne doit point scruter ses actions ; je ne
puis que la plaindre, si je connais ses
fautes. Mais vous, madame, vous,
modèle d'équité, de douceur, de justice ; vous, dont le cœur généreux et
compatissant sait adoucir et calmer
toutes les douleurs...., vous méritez
les respects et les hommages de tout
l'univers ! et les yeux du jeune prince
exprimaient la tendresse, la reconnaissance la plus pure ; ses regards étaient
si doux ! Lui-même entrait dans l'adolescence, il était beau. L'âme de Clotaire éprouva un mouvement de jalousie ; il allait refuser la grâce demandée par son épouse, quand Rade-
monde détourna sa colère en ajoutant :

— Prince, j'ose espérer que votre
noble père ne verra dans cette démarche rien qui attaque sa puissance ni le
pouvoir que le ciel lui donne sur vous.
Je ne désire que la gloire de son illustre famille : en acceptant sa main , j'ai
dû prendre le cœur d'une mère pour
les fils qui lui appartiennent : et j'irais,
guidée par une misérable ambition,
empoisonner la vie de ceux qui ne m'ont
point offensée ! Loin de moi de telles
pensées ! il est temps sire, de fixer son
sort , tel qu'il convient à votre illustre
rang : et si vous avez quelque égard
pour les vœux de Radegonde , qu'elle
n'éprouve point le déplaisir d'essuyer un refus. Ce serait le premier
qu'elle recevrait de son noble époux.
Clotaire épiait ses traits, ses mouvemens ; ils sont calmes , et n'expriment
que la bonté et une tendre sollicitud

son amour fut rassuré. — Madame,
dit le monarque, je veux bien consentir à ce que le prince Chramne soit
désigné pour le trône ; demain il recevra
le nom de roi : nom trop envié, et
qui cependant traîne après lui de
brillans et de nombreux déplaisirs !
Mes autres enfans y sont appelés par
la naissance de leur mère et par
l'hymen dont je les honorai. Demain,
madame, vos désirs seront accomplis.
Vous, mon fils, allez prévenir votre
mère des bontés de la reine, et ordonnez-lui de ma part de vous présenter
au pied du trône de son roi. Chramne,
reconnaissant du bienfait qu'il devait à
Radegonde, fléchit le genou devant
elle ; mais, en souriant, elle le relève
aussitôt en lui tendant la main. Il la
presse respectueusement sur ses lèvres,
et vole vers Chusène lui faire part de

l'ordre de Clotaire et du rang où il
allait être élevé.

Loin qu'une si noble conduite dés-
arme sa fureur, cette femme se répand
en imprécations : — Quoi, mon fils,
dit-elle, vous allez recevoir une telle faveur de celle que je hais! et vous ne
rougissez pas! enfant indigne de mon
fol attachement! C'est pour vous, pour
vous conserver l'amitié du barbare qui
me sacrifie, que depuis plus de quinze
ans je suis restée dans cette cour perfide! J'ai tout supporté : affronts, dé-
dains, mépris, discours envenimés par
la haine et la calomnie; rivalité odieuse,
j'ai tout souffert.... C'était pour vous,
mon fils, pour vous, ingrat! Et c'est
la main de ma rivale qui obtient l'honneur de vous voir siéger parmi les enfans couronnés du traître que j'ab-
horre! Elle a demandé, dites-vous,

cette auguste faveur à son époux ! Le
cruel devait être le mien ! Il abusa de
ma jeunesse, de mon inexpérience,
de mon amour.... Que de fois ce cœur
tendre, fier, ardent, fut déchiré ! qu'il
a souffert ! Et non content de m'avoir
abreuvée de tous les outrages, c'est
dans mon fils que sa haine me poursuit ! mon fils, objet de mon idolâtrie !
Agissons de même. Vengeons-nous en
le frappant dans celle qu'il adore ! L'excès de la misère enfante l'excès du courage, de l'audace ; vengeons-nous, et
punissons-le. Et pense-t-elle jouir im-
punément du plaisir de m'avoir fait
répandre des larmes ? Où m'égaré-je !
et pourquoi exhaler ma douleur en
regrets inutiles ! Laissons au temps le
soin de ma vengeance. Cet amour, qu'il
croit éternel, passera, mais sa férocité
ne passera point ; alors viendra le jour,

l'instant où son oreille avide recevra avec transport les récits qu'on pourra lui faire.... Jusque là, il faut attendre. — Ah! madame, ah! ma mère, cessez de poursuivre la vertu, la bonté! Votre fils va tout lui devoir; et pour prix de ses bienfaits elle ne recueillerait que votre haine! — Ses bienfaits! Ces mots devraient-ils sortir de votre bouche? Vous, fils de roi, vous, fils de Chusène! — Quelle que soit ma naissance, et ce que je puis attendre de l'avenir, ô madame, mon cœur ne peut entendre sans être indigné calomnier un être doué de toutes les perfections! Oui, je défendrai la reine contre d'injustes discours. — Allez donc ramper à ses pieds, allez. Aussi-bien je lis un crime dans vos regards... — Que dites-vous, madame? — Vous l'aimez! — Moi, moi! non,

je l'admire, et je la respecte. — Il
suffit. J'ai besoin de dompter les sentimens qui m'agitent et de rappeler
mon courage, afin de pouvoir assister
au triomphe que vous obtiendrez demain. Laissez-moi seule. Chramne salua,
et se retira.

Par les ordres du monarque de Soissons, les grands de la cour, les capitaines de l'armée, les prélats, les
évêques furent mandés au palais : dès
la septième heure tout le monde fut
rassemblé dans la vaste salle destinée
aux cérémonies royales.

Bientôt Clotaire, ses enfans, Radegonde et les femmes des seigneurs
s'avancèrent : le roi monta sur son
trône, et plaça son épouse à ses côtés :
les assistans se rangèrent autour des
souverains, selon leur naissance et leur
rang, et les grands, selon leur bravoure

et leurs exploits : on apporta une épée, une couronne d'or , le livre sacré de l'évangile ; alors , Clotaire se leva et prononça ces paroles :

— Illustres seigneurs, magnanimes rejetons des Francs , vous dont les ancêtres ont donné le nom à cette belle et riche contrée que nous habitons, je viens réclamer de votre amour une marque de bienveillance ; j'ai le droit d'y compter : si jamais j'ai conduit vos pas à la victoire, si jamais les exploits de ce bras m'ont mérité votre estime, j'en demande une preuve aujourd'hui : vous le savez, un roi, quelle que soit sa puissance, n'en conserve pas moins des entrailles de père; il doit aimer ses fils également, et ne doit mettre, s'il lui est possible, aucune différence entre eux. C'est pourquoi, chers seigneurs, je viens ici vous dé-

clarer que ma volonté toute puissante
est que le prince Chramne, mon fils et
celui de la belle Chusène, soit honoré
du nom de roi, ainsi que mes enfans
nés d'épouses légitimes : je le souhaite,
et la noble Radegonde m'a sollicité en
faveur de ce fils de mon amour. Chers
seigneurs, Chramne est jeune, mais
déjà les ennemis ont vu son visage :
il est digne par son courage, par sa
valeur, d'être admis au rang des princes
qui doivent gouverner quelque jour
une partie des sujets de mon puissant
royaume. Et vous, illustres prélats,
sages évêques, accorderez-vous cette
grâce à mon amour paternel ?

Le patriarche, après avoir consulté
des yeux l'assemblée, et n'ayant trouvé
sur tous les visages et dans tous les regards, qu'un vif intérêt pour le prince,
répondit : Monarque de Soissons,

l'Eglise, les grands de ton royaume,
l'armée, le peuple, accordent la dignité
que tu sollicites pour ton fils Chramne :
qu'il soit l'égal des enfans de France ;
qu'il soit roi ! Puisse-t-il ne pas abuser
du pouvoir attaché à la puissance ! Approchez, ô vous, qui un jour serez
condamné à n'être entouré que de flatteurs : approchez. La main royale d'un
père va orner votre jeune front de ce
signe que les peuples craignent et ré-
vèrent ! Approchez. Que votre mère
vous conduise sur les degrés du trône.
Le patriarche se replaça sur le siège
qu'il venait de quitter.

Chramne se présenta seul, son front
était humilié et triste : il s'agenouilla
devant le monarque, et attendit avec
crainte l'accomplissement de la faveur
qui lui avait été promise.

Je ne vois pas l'impérieuse Chusène,

dit Clotaire en se levant : qui peut
la retenir ? pourquoi ne se rend-elle
pas à mes ordres ? Répondez, prince.
— Ma mère, seigneur, est partie vers
la troisième heure de la nuit. — Esprit indomptable, s'écrie le roi : que le
jour où je m'abaissai vers toi fut un
détestable jour! Il allait continuer ses
imprécations, quand Radegonde, des-
cendant les marches du trône, dit :
Sire, daignez permettre que je rem-
place aujourd'hui celle qui lui donna
le jour : peut-être le sentiment qu'elle
nourrit en secret pour le père de son
fils lui défend-il de se montrer aux
regards de son épouse ; pardonnez à
celle que vous avez aimée. Et la reine
présenta à son époux la couronne dont
il devait orner le front du prince.

Ces deux êtres aimables, dont les
traits respiraient la crainte et l'attente,

semblaient deux jeunes amans qu'un
père altier et sévère ne consent à unir
qu'avec regret. Clotaire fit sans doute
cette réflexion cruelle pour son âge et
pour lui, car il murmura : Hélas! elle
pourrait être ma fille. Son front se couvrit d'un sombre dépit : sa défiance se
réveilla. Cependant, maître de lui-
même et des sentimens qui le domi-
naient, il se leva, et posa le bandeau
royal sur la belle chevelure du jeune
et valeureux Chramne, en disant :
Soyez roi, mon fils.

Soit que le monarque fût préoccupé,
soit présage funeste, la fatale couronne
chancela sur cette tête inclinée vers la
terre : aussi vive que l'éclair, la douce
Théodelinde se précipita de sa place,
et par son adresse suspendit la chute
du diadème : pronostic déplorable aux
yeux et à l'imagination des peuples

et du vulgaire ignorant! Son tendre regard se fixa sur le prince ; lui-même fut ému de cette action , qui annonçait une aimable sollicitude ; ses yeux remercièrent la charmante fille de l'intérêt qu'elle prenait à son sort.

Euric a tout observé ; Euric, qui depuis l'instant où Radegonde sauva la nièce de Gondemar, avait senti son cœur palpiter pour cette jeune princesse : souvent il avait osé se flatter que, bien qu'elle fût du sang des rois, le rang de captive où elle était descendue rapprocherait l'immense intervalle qui se trouvait jadis entre eux : mais cruellement déçu, il a cru lire l'amour sur les traits , dans les yeux du fils de Clotaire ; et de plus il a deviné , par l'empressement de Théolinde, que ce cœur ingénu brûle sans le savoir des mêmes feux qu'elle avait inspirés.

Cette découverte excita une violente tempête dans son âme. Eh! que m'importe, pensa-t-il, que je sois aimé, si je puis la posséder ! ce roi que je sers en esclave depuis nombre d'années, ne me presse-t-il pas chaque jour de demander à sa puissance telle récompense qu'il me plaira ! je ne l'ai pas encore exigée : voici l'instant, voici le jour où je pourrai connaître quelle foi l'on peut attendre des promesses des souverains. C'en est fait, aujourd'hui même, belle Théodelinde, me verra solliciter ta main ! Euric faisait ces réflexions tandis que l'imposante cérémonie se terminait.

Radegonde reprit sa place auprès de son époux ; Clotaire releva Chramne, et l'embrassa tendrement ; les fils de ce monarque, à peine sortis de l'enfance, vinrent saluer leur frère, et lui

faire de touchantes caresses : âge pur ,
où l'ambition , le désir de la puissance,
l'envie insatiable de dominer sur les
mortels , n'ont point encore fait sentir
leurs atteintes fatales ! où le cœur n'é-
prouve encore que le besoin d'aimer et
d'être aimé ! Si quelque chagrin trouble ces jeunes êtres , ce n'est que le
regret de voir partager l'amour qu'ils
ressentent pour les auteurs de leur existence.

Tous les grands vassaux, tous les
seigneurs suzerains vinrent s'agenouiller
devant le trône du successeur de Clovis :
la nièce de Gondemar vint à son tour,
et baisa la main qui l'avait privée d'un
rang illustre, et qui avait anéanti sa
déplorable famille. Sa tendre protectrice la serra dans ses bras , et déposa
sur ce front virginal le baiser d'une
sincère amitié.

Clotaire rentra chez lui, l'âme oppressée par les plus sombres ennuis :
un sourire avait fait renaître cette jalousie dont il était sans cesse tourmenté.
Chramne, en se présentant pour saluer
la femme de son père , en avait été
accueilli avec grâce et aménité : un
sourire bienveillant avait embelli la
figure de la reine ; et ce fatal sourire
dévorait le cœur du monarque français.

Se promenant à grands pas dans son
appartement , les bras croisés sur sa
large poitrine , il ressemblait au génie
qui rêve et le meurtre et le crime :
quelquefois sa main cruelle saisissait
avec transport sa redoutable épée ;
mais bientôt de nouvelles pensées
remplaçaient les pensées sinistres qui
l'agitaient.

Elle est coupable ! s'écria-t-il, oui,

elle est coupable ! elle a souri... ! Toi, Euric, toi, ici..., près de moi ! O fatale jalousie, qui ne me laisse aucun repos ! tous ceux qui peuvent la voir, tous ceux qui peuvent l'entendre, la réveillent, l'excitent ! Je voudrais, oui, je voudrais pouvoir la dérober à tous les regards ! ô quelle serait mon ivresse ! — Sire, n'êtes-vous pas le maître de son sort ! et quel plus grand honneur pouvait-elle espérer ! une esclave ! — Silence, c'est mon épouse, c'est ta souveraine. — Pardonnez, seigneur.

Clotaire était déjà désarmé : occupé d'un sentiment impérieux, il oublia l'insolence de son favori : le besoin de s'entretenir de Radegonde étouffa sa colère ; ne pouvant se contenir plus long-temps, il reprit la parole en ces termes :

— Cher Euric, je le sens, je ne puis

me fier aux protestations de la fille de
Bertaire : l'attachement de Raoul me
fait trembler; à présent, je frémis en
songeant que Chramne peut lui devenir cher... As-tu remarqué avec quelle
bienveillance elle me l'a présenté !
comme sa figure était embellie ! que ce
sourire errant sur ses lèvres vermeilles
m'était poignant! et... il était adressé à
mon fils ! et son regard..., qu'il était
doux ! non, je ne vis plus que dans la
crainte ! N'aurai-je personne à qui je
puisse me fier ? Je n'ai point auprès
d'elle un ami qui me rende compte
de ses actions, de ses paroles ni de
ses sentimens secrets; personne ! ô far-
deau du pouvoir ! où sont les cœurs
sur lesquels nous puissions nous aban-
donner sans réserve ! où sont-ils ? —
Sire, me permettez-vous de m'expliquer avec franchise ? — Tu peux par-

ler. — Je pourrais peut-être contribuer à la tranquillité de mon maître ?— Comment ! —Sire, il serait un moyen ? — Lequel ! —La reine a toute confiance en la jeune Théodelinde... je l'aime, et j'ose vous supplier de me l'accorder pour épouse... : sans cesse dans la chambre royale, elle pourra nous instruire de ce que vous désirez savoir... — Je t'entends : sa main est à toi. — O mon noble et généreux maître ! ma vie, ma volonté sont à vous : disposez d'elles. Mais il faudrait hâter mon hymen... ; des obstacles pourraient s'élever... —En est-il quand j'ai parlé, quand j'ordonne : je le veux, et je sais commander. — Si la nièce de Gondemar éprouvait quelque répugnance ! La reine l'aime, et ses prières ont tant de pouvoir sur vous, seigneur. — Retenez vos paroles, Euric,

3*

vous m'offensez. Me croyez-vous l'esclave et le jouet d'une femme ? Je
jure sur cette épée, je vous donne ma
parole de roi, de vous unir tous deux
avant trois jours. Ni larmes, ni sollici-
tations, ni prières ne peuvent faire
manquer cette union: je le veux. Allez
à l'instant chez Radegonde, et priez-la
de passer dans mon appartement. Euric, satisfait de la facilité de Clotaire,
s'inclina devant lui, et s'empressa
d'exécuter l'ordre qu'il venait de recevoir.

La princesse arriva au même moment : après avoir renvoyé Euric, le
monarque dit : Madame, le vif intérêt
que vous témoignez à la jeune captive,
dont vous avez brisé les fers, doit vous
faire accepter avec joie le sort que je
lui prépare : je vais disposer d'elle
et de sa destinée ; en un mot, dans

trois jours un homme que j'aime,
mon favori, Euric recevra et sa main
et sa foi. — Euric ! seigneur, Euric ?
— Je le veux. — Mais avez-vous
pensé qu'un sang royal circule dans
ses veines ? Euric n'est qu'un vassal.
— Je peux élever Euric au rang de
prince, madame : mais que m'importe ! j'ai donné ma parole ; cette
fille doit obéir. — Et si son âme se
révoltait contre un tel hyménée ? —
— J'ai vaincu sa famille, je suis son
maître : dites-lui que je l'ordonne.
Allez la prévenir, madame, de ce que
j'exige d'elle : vous la protégez, elle
doit craindre de vous déplaire ! Préparez-la, madame, à souscrire à mes
royales volontés. Et le prince la quitta.

La reine n'aimait point Euric : bien
que son âme fût incapable de haine,
un secret sentiment dont elle ne pou-

vait se rendre compte l'éloignait de cet
homme artificieux : n'osant insister sur
l'inconvenance d'un semblable hyménée , elle retourna chez elle , afin de
disposer l'aimable fille à subir sa triste
destinée.

Théodelinde était assise dans l'embra-
sure d'une fenêtre ; ses doigts élégans
parcouraient les cordes du luth de Radegonde; celle-ci la considéra quelques
instans avec douleur , et dit : Pauvre
fille , puisse ce que je vais t'annoncer
ne point faire couler tes larmes et déchirer ton cœur! Elle s'approcha , posa
la main sur ses charmantes épaules , et
prononça faiblement ces mots : Chère,
bien chère enfant , écoute-moi avec attention et recueillement. Surprise de
ce ton solennel Théodelinde , tremblante posa le luth à côté d'elle , et se
plaça vis-à-vis de sa généreuse protec-

trice. Assieds-toi, jeune amie, ajouta
la reine en lui indiquant un siége, assieds-toi, et pèse avec réflexion les of-
fres d'hymen que je suis chargée de te
faire. Ma fille, Clotaire te donne un
époux! — A moi, madame; à moi,
son esclave! — Oublies-tu que Radegonde te chérit. — Moi, l'oublier, ô mon ange tutélaire! — Tu
le connais, chère Théodelinde. C'est
Euric! — Euric, le farouche Euric!
sa présence glace mon cœur; je le
crains. — Le roi lui accorde ta main.
Songe aux avantages que cet hymen
te procure: tu vas recouvrer un rang illustre: et si mon amitié t'est chère, ta
vie s'écoulera près de moi. — Ne puis-
je goûter un si grand bonheur sans
être forcée de subir ce joug odieux? Je
le hais, madame, et le haïrai jusqu'à
la mort... Hélas, le barbare osa por-

ter une main hardie sur mon oncle
infortuné ! je le vois encore insulter à
son malheur....; et je serais la récompense d'un si grand forfait ! ô mon
oncle, ô généreux Gondemar, quelle
serait ta douleur, si tu apprenais mon
crime ! non , madame , non , je ne
puis accepter du roi un tel bienfait.
— Craignez tout de son emportement!
— Je tombe à vos genoux, grande
princesse : attendrissez sur mon sort le
cœur de votre époux : dites-lui que
Théodelinde préfère les cachots, l'esclavage, et même le trépas, à cette
horrible union : qu'il me chasse de
son palais; que je sois réduite à men-
dier ma déplorable nourriture; que je
n'aie d'autre asile que les antres sauva-
ges ; j'y serai plus heureuse que dans
un palais qu'il me faudrait habiter avec
cet Euric abhorré !... Si le roi per-

siste dans cette cruelle injustice, le ciel permettra sans doute que le jour de mon hymen soit celui de ma mort ! Dieu juste, pardonne-moi ce souhait criminel.... ! ta bonté souscrira-t-elle au supplice de ton malheureux enfant ! et vous, madame, et vous, qui m'avez arrachée à la honte de l'esclavage, m'abandonnerez-vous sans pitié ! Je me jette à vos pieds, je les embrasse.. vous ne connaissez pas combien je suis à plaindre.... Moi prendre un époux ! pourquoi le sort s'oppose-t-il à mon bonheur !... Madame, prenez pitié de ma douleur mortelle...; je suis... bien jeune encore, mais mon cœur a vieilli dans l'infortune... Un époux... s'il avait tes vertus, ô toi dont le nom fait palpiter mon cœur..! Aimable prince.. — Théodelinde ! — Je suis faible, madame : le malheur s'est appesanti sur

moi....! vous voyez si je puis donner
ma main, puisque dans mon sein brûle
une flamme qui ne s'éteindra qu'avec
ma vie.. Sauvez-moi, sauvez-moi par
pitié, madame, et du désespoir et de
tous les excès où je pourrais me laisser
entraîner.... La princesse plaignit cette
jeune fille, sur laquelle la raison n'avait
plus d'empire; et cependant elle promit d'employer tout son ascendant sur
le roi pour la soustraire au péril qui
la menaçait. Théodelinde sourit triste-
ment, et baissa respectueusement les
mains de la femme généreuse qui allait s'exposer à la colère de son époux
pour la servir, et pour détourner loin
d'elle la coupe empoisonnée qu'on lui
préparait. Radegonde désira rester
seule chez elle, afin de rêver aux
moyens à employer pour vaincre l'obstination de Clotaire.

CHAPITRE III.

Après avoir long-temps réfléchi, la reine passa dans l'appartement de son époux ; Euric s'y trouvait alors : ce contre-temps l'affligea : mais bientôt, surmontant son trouble, elle pria le roi de l'entendre un moment sans témoin.

Si ce que vous pouvez avoir à me dire, madame, a quelque rapport avec l'hymen que j'ai arrêté, expliquez-vous devant celui qu'une telle union inté-resse : expliquez-vous. — Seigneur, je vous ai prié de m'écouter seul. — Il est inutile de chercher à m'attendrir, à me faire changer de sentiment : rien

III.   4

sur la terre ne peut différer ce que j'ai résolu à ce sujet : parlez, madame, je vous écoute. — Euric, votre favori, seigneur, ne doit pas y persister ; la jeune Théodelinde refuse un si grand honneur. — Euric a ma parole, et je saurai bien forcer mon esclave à se soumettre à ma volonté suprême. — Sire, en me chargeant de mettre à vos pieds les expressions de son désespoir, j'ai osé me flatter que vous auriez égard à ma prière : cette jeune fille préférera les fers, la pauvreté, peut-être la mort, à donner et son cœur et sa foi à l'époux que vous lui présentez. — Pardonnez, reine, si j'élève la voix en votre auguste présence ; mais je ne croyais pas inspirer tant d'horreur... : je suis jeune encore..., mes traits ne sont pas effrayans, ma taille est élevée... — Laissons ces détails sur votre personne ; ce ne sont pas les dehors qu'on doit estimer, c'est ce qu'ils renferment, c'est ce qu'ils dérobent aux regards...., — Je ne crois pas que Théodelinde ait aucun sujet de plainte contre moi..... — Vous ne le croyez pas?— Non, madame. — Et le jour où Gondemar fut vaincu... avez-vous oublié votre dureté envers ce prince infortuné..? — La chaleur du combat nous entraîne souvent plus loin que nous ne voulons. — L'humanité est-elle incompatible avec le fer d'une armure? — Que m'importe, madame, ce dont Euric peut-être coupable ? il me servait : ce n'est pas à moi à le blâmer ! il sait mes intentions. Cependant je veux bien encore lui laisser le droit d'accepter ou de refuser l'honneur que j'avais daigné lui faire en l'unissant à une princesse alliée à ma maison. — O mon maître, rien sur la

terre ne peut m'empêcher d'accomplir
cet hymen, rien ; j'adore Théodelinde,
et votre volonté seule peut mettre obstacle à mon bonheur. — Théodelinde
vous hait, Euric. — M'aimiez-vous,
madame, lorsque vous marchâtes à
l'autel sur mes pas? — J'avais à sauver
ma famille et mon peuple ; nos posi-
tions ne se ressemblent pas. Mais, Euric, cette enfant, je n'en doute point,
choisira de préférence la mort à l'o-
dieuse union que vous lui proposez.
— Ces grandes démonstrations de
douleur ne m'épouvantent pas, dit le
farouche Clotaire ; j'avais accordé trois
jours, je veux que ces liens soient con-
sacrés cette nuit même ; je commande,
il faut obéir... — Sire, encore quelques
mots en faveur de cette infortunée...
Sire, écoutez-moi. — Non, madame,
pensez-vous faire fléchir éternellement

ma volonté sous la vôtre ? votre protégée obéira : serait-elle mourante, ma main la conduira cette nuit à l'autel. Préparez-la. — Euric, Euric, s'écria Radegonde, prenez pitié de sa jeunesse, de son abandon, soyez humain, et ne la forcez point à courir au devant du trépas. — Pardonnez, reine, mon maître ordonne, le devoir d'un sujet est d'obéir. — Être vil, homme sans courage, qui voudrait ériger l'injustice en vertu ! — Madame, il est un terme aux bontés; craignez, craignez d'irriter ma colère... — S'exhalerait-elle contre moi ? — Ne voudrais-tu pas m'asservir ! mais j'ai connu le piége, et mon cœur s'est révolté ! — Vous vous trompez, sire, en me supposant de telles intentions : quelquefois vous avez daigné céder à mes avis, à mes conseils : ils étaient,

disiez-vous alors, dictés par la raison ;
je ne vous forçai point à les suivre :
c'est donc à tort, seigneur, que vous
m'accusez. — Je vous accuse, madame,
de l'amour que vous m'inspirez : je vous
accuse de froideur, d'indifférence pour
moi ! je conçois à présent votre adresse ;
par elle vous augmentez votre empire
sur un faible époux : par elle vous
subjuguez mes sens : quoi qu'il en soit,
je veux être obéi. — Vous le serez,
Clotaire, si la victime veut baisser son
front innocent sous le joug qui lui est
destiné. Et la princesse sortit de l'appartement.

Théodelinde l'attendait en tremblant. Chère fille, lui dit Radegonde
en l'embrassant, il faut te résigner à
ton sort : le roi n'a point voulu m'entendre : les volontés des souverains,
ma fille, sont absolues ; malheur à l'être

faible sur lequel ils étendent leur pouvoir ! Ne résiste plus, mon enfant : par pitié pour toi, pour ton avenir, cède aux ordres de Clotaire.—Céder, non, jamais ! je tombe à vos genoux, je les embrasse, ô ma bienfaitrice ! ô reine aimable ! Jetez un regard de compassion sur moi.... Epouser cet odieux Euric...! J'entends encore les paroles outrageantes dont il accabla Gondemar..! Je les entends ! elles retentissent à mon oreille... Que je vive loin des palais, emportant dans une solitude profonde le souvenir de vos bontés, madame, et un autre souvenir.... bien cher..., et qui ne s'effacera point de mon triste cœur... Eh ! quelle grâce Clotaire prétend-il me faire ! mon sang est un sang royal, et je le souillerais, en le mêlant avec celui de son favori ! Non, madame, quelles que puissent être

les suites que peut avoir ma résistance,
j'y persiste... L'échafaud serait là, j'y
monterais plutôt que de poser cette
main tremblante dans la main qui se
leva sur le chef de ma famille. — Chère
Théodelinde, ils te chargeront de fers...
— J'en ai déjà porté. Mais, illustre
princesse, n'ai-je pas encore trois jours :
le ciel ne peut-il dans cet intervalle
changer le cœur du roi..? — Innocente
créature, n'espère plus... Ne compte
plus sur ces trois jours..! cette nuit on
te conduit à l'autel... — Cette nuit!
cette nuit ! ô malheur ! ils ne m'y con-
duiront pas... ; je puis me soustraire à
cette iniquité, je le puis... ! — Et que
feras-tu? — Le tombeau délivre de
tout... — Théodelinde, j'ai souffert ..
Comme la tienne, ma destinée fut couverte d'un voile de deuil... : le courage
m'a soutenue, et m'a fait tout sur-

monter..., imite-moi...—Je n'ai point
la force d'envisager l'horreur du sort
qui m'attend... je braveraï Clotaire,
Euric..., je saurai mourir... — Silence.
Voici le roi.

Le regard du monarque était courroucé; il parcourut les traits de Radegonde et de Théodelinde; toutes deux
baissèrent leurs paupières tremblantes
vers la terre, et attendirent avec quelque crainte qu'il daignât s'expliquer.

Nièce de Gondemar, dit-il, la reine
t'a fait part sans doute de mes royales
intentions ? Tu souscris à mes ordres ?
— Roi de Soissons, j'ai refusé celle que
je revère, celle que je respecte; je
n'ai point cédé à ses douces paroles,
et je refuse le tyran qui veut disposer
de mon cœur et de moi. Je rejette la
main de ton Euric, de ce lâche favori !
—Malheureuse, qu'oses-tu dire? — Ma

pensée. Je ne tremble pas : qui ne craint point la mort , brave l'autorité d'un barbare... Subit-on deux fois le trépas ? — Non , mais avant on peut souffrir mille et mille tourmens : ils fléchissent la plus opiniâtre fierté : tremble de m'irriter davantage. Dans une heure tout sera prêt. Quant à vous , madame, qui souffrez avec tant de calme l'obstination de votre protégée , ordonnez-lui de se soumettre à mon commandement. — Théodelinde, mon enfant , obéis. — Il m'en coûte de vous refuser , madame ; mais tant qu'un souffle m'animera, tant que mes lèvres pourront balbutier quelques mots, elles refuseront toujours cet Euric ! Moi , nièce d'un prince adoré de ses sujets , je donnerais ma main , ma foi, au favori bas et rampant de celui qui le précipita dans un abîme de maux !

de celui qui appesantit sur mon oncle,
sur l'illustre Gondemar, le poids d'o-
dieuses chaînes ! Ne le crois pas , roi
de Soissons..., je saurai te résister !
Charge-moi de fers, plonge-moi dans
le plus obscur cachot; les fers , le cachot me seront plus doux que ton
affreuse présence... Je suis jeune , tu
croyais m'intimider : rien , j'en jure
par le Ciel , j'en prends à témoin la
nature entière , rien ne fléchira ma
volonté : la tienne ploîra devant celle
d'une jeune fille... — Insensée , tu me
braves , tu m'insultes ! braveras - tu
aussi cette épée ? dit le furieux Clotaire en tirant la sienne du fourreau.
Radegonde a vu ce geste fatal , elle
jette un cri d'horreur, un cri déchirant , et se précipite au devant du fer
homicide. Clotaire tremble , sa fureur
s'apaise : il frémit en songeant qu'il

pouvait d'un seul coup se priver d'une
épouse chérie et de l'enfant que recé-
lait son noble sein. Il fuit, emportant
avec lui cette affreuse image.

La reine était presque évanouie :
Théodolinde pleurait à ses pieds, et
disait : Oh! pardonnez-moi, pardonnez, généreuse princesse ! Un geste de
douceur échappe à la fille de Bertaire;
il accordait cette faveur demandée avec
tant d'instance.

Un saisissement extraordinaire avait
parcouru tout le corps de l'épouse de
Clotaire; peu à peu cependant elle se
rassura : revenant à elle, elle jeta un
regard de bonté sur l'être aimable qui
gémissait à ses genoux. Théodelinde
s'écria en lui voyant ouvrir les yeux :
O vous qui m'avez sauvé deux fois la
vie, que vous devez me haïr! devais-
je oublier qu'il est votre époux! Oui,

je me punirai de mon crime, car c'en
est un ; je marcherai à l'autel, le ciel
m'en donnera le courage. Je le dois à
ce que vous avez souffert pour moi, je
le dois à l'amitié dont vous m'honorez,
je le dois à vos bienfaits ; ne me plaignez pas, madame, je saurai vaincre
ma haine, je saurai la surmonter. —
Pauvre Théodelinde ! se vaincre n'est
pas une chose facile ; laisse-moi le
soin de ta destinée, abandonne - la
à ma prévoyance ; je connais ton aver-
sion pour Euric, et je dois m'opposer à
ton funeste sacrifice. Radegonde a souffert pour toi, elle peut disposer de ton
avenir, et, s'il lui est possible, il sera
heureux. Dans quelques heures ils vont
revenir ; mais, Théodelinde, il faut te
soustraire à l'hymen que tu redoutes.
— Ah ! madame, le puis-je ? vous
allez affronter, pour me servir, la colère

du roi ; si sa barbarie.... — Je ne crains
point, obéis.

S'avançant vers la porte de son appartement, Radegonde l'entr'ouvrit et
appela un des pages qui se trouvait
dans la chambre qui précédait la sienne.
Le jeune homme entra, et la porte fut
refermée avec précaution.

— Théodore, dit la reine, puis-je
compter sur votre attachement, puis-
je me fier à votre discrétion ? — Ordonnez, madame, mon active obéissance vous prouvera si je suis digne de
votre confiance. — Je n'en demande
pas plus, j'ai besoin d'un vêtement de
page : j'attends un des vôtres. — Madame, je cours remplir vos ordres. —
Silence et mystère. — Oui, madame.
Théodore était déjà loin ; quelques minutes après il revint, apportant un de
ses habits. La princesse le remercia,

et lui recommanda fortement de ne
confier à qui que ce fût la demande
qu'elle lui avait faite ; il promit, et retourna à son poste.

Lorsque Radegonde et Théodelinde
furent seules, la reine fit part à cette
jeune fille du projet qu'elle avait conçu,
et lui enjoignit de sortir du palais sous
cet habit qui faciliterait sa fuite : long-
temps Théodelinde refusa de souscrire
à cette offre généreuse, à cette offre qui
pourrait compromettre la tranquillité
de sa bienfaitrice ; mais ces refus ne
purent changer la détermination de sa
souveraine.

Quand elle fut habillée, Radegonde
baisa son front candide, et rabaissant
le chaperon sur les yeux de la jolie fu-
gitive, elle dit : Va, ma fille, va
trouver Fortunat ; voici une lettre qui
contient ce qu'il doit faire pour t'arra-

cher au malheur qui t'attend. Que le
dieu de Clotilde veille sur tes démarches, qu'il te protége, et qu'il prenne
pitié de toi! va, Théodelinde. La reine
l'embrassa de nouveau ; elle ouvrit sa
porte, et lui réitéra devant ses serviteurs l'ordre qu'elle avait dû lui donner.

Long-temps la princesse, appuyée sur
la croisée de sa chambre, suivit de
l'œil la jeune fille ; son cœur palpitait
avec la même force que si elle eût commis un forfait. Tous ceux qui, en pas-
sant près du page, fixaient par hasard
sa charmante figure, lui faisaient éprouver un frémissement et une terreur
qui parcourait tous ses membres, et
qui glaçait son sang dans ses veines.
Enfin, elle la perdit de vue. Cette réussite lui fit adresser au Ciel de pieux re-
mercîmens.

Soit que la frayeur qu'elle eût ressentie au moment où le farouche Clotaire s'emporta avec tant de violence contre sa protégée, soit disposition de la nature, à peine Radegonde venait-elle de terminer sa prière, qu'un évanouissement subit la priva du sentiment : une chute affreuse fut le résultat de cet accident, et ses femmes, accourant au bruit, la trouvèrent sans connaissance, et baignée dans son sang.

On s'empresse, on lui prodigue les secours nécessaires : dans l'effroi que tout le monde éprouve, aucun ne songe à faire avertir le monarque : les heures s'écoulent, et celle qui devait éclairer une union odieuse paraît enfin.

Tout était préparé, déjà l'autel était orné ; déjà Clotaire, Euric, et la suite du monarque, attendaient dans la

4*

chapelle consacrée, quand ce prince, impatient d'assurer son triomphe sur les obstacles apportés par son épouse, envoya un de ses officiers lui commander de se rendre avec Théodelinde au pied du sanctuaire, où tout était disposé pour l'auguste cérémonie.

La reine est mourante, fut la réponse que reçut cet envoyé : il la rapporte, son maître, qui, souriant avec dédain, lui dit : Allez signifier de ma part aux princesses que je ne me paye point de frivoles excuses : le piége est grossier, je n'y tomberai pas. Allez; et qu'elles se hâtent.

Les femmes de Radegonde firent entrer le messager dans la chambre royale; il vit la princesse sans mouvement. Ce spectacle douloureux le remplit de compassion et d'effroi ; les yeux baignés de larmes, il aborda le monarque, et lui rendit compte de ce qu'il avait vu.

Glacé de crainte, Clotaire accourt : quelle douleur s'empare de son âme, et quels regrets amers se font sentir ! les femmes et les médecins l'assurent que la suite de cet accident sera la perte inévitable de l'enfant qui bientôt devait entrer dans la carrière de la vie.

Pâle, agenouillé près de ce lit de douleur, ses yeux farouches baignent les mains inanimées de son épouse mourante ; il attend avec frayeur l'instant qui doit anéantir toutes ses espérances ; il ne tarda point ; Radegonde reprit connaissance : quelques minutes s'étaient à peine écoulées que la nature avait rempli sa laborieuse tâche : et la mort en même temps avait dévoré le frêle rejeton de la tige des maisons de France et de Thuringe.

Le cœur maternel de cette jeune princesse se brisa en ce moment douloureux : Sire, dit-elle d'une voix affaiblie, le ciel n'a pas permis que j'eusse le bonheur de serrer mon enfant dans mes bras ; il me prive de cette douceur : sire, je suis coupable ; et sans doute c'est la punition qu'il me réservait pour n'avoir point obéi à vos ordres suprêmes : seigneur, me pardonnerez-vous ? J'ai soustrait à votre autorité la jeune Théodelinde... — Que me fait Théodelinde, quand tu es mourante ! oublie plutôt, oublie, ma chère Radegonde, la férocité de mes actions... C'est moi qui t'ai ravi ton fils, et c'est moi qui causai sa mort ! Ah, que tu dois me hair ! — Vous êtes mon époux... et de plus, la religion que j'ai embrassée me le défend. Mais, seigneur, si ma souffrance vous touche, ayez égard

à la prière que je vais vous adresser :
prenez pitié de cette infortunée que je
chéris, et qui ne peut soutenir l'horrible idée de s'unir avec un homme
qu'elle déteste. — Tu le veux, tu
l'exiges ; eh bien, que cette union soit
rompue : et que cette assurance ramène
le calme dans ton âme : hélas, j'ai tant
de torts à me reprocher ! je t'abandonne l'existence de cette fille : jamais
les désirs que tu formeras sur elle ne
seront contrariés, et d'avance je leur
donne mon assentiment. — Je le reçois. Un jour, peut-être, je le récla-
merai. — O ma Radegonde, daigne-
ras-tu croire à la douleur que j'éprouve,
d'avoir détruit moi-même le lien qui
allait resserrer nos nœuds, et qui, je
l'espérais, aurait fait naître dans ton
cœur un sentiment plus tendre que
la froide reconnaissance. — Seigneur,

j'ose croire que je remplirai toujours avec dignité mes devoirs d'épouse ; je dois au sang dont je sors, je dois à la vertu, à moi, à vous-même, de les conserver dans toute leur pureté. Le ciel a voulu nous éprouver, le ciel a déployé sur nous toute sa rigueur. Pleurons, seigneur, pleurons, nos fautes sont réciproques : et la reine présenta la main à son époux, qui la couvrit de baisers et la serra sur son cœur. Alors il se retira, afin de la laisser jouir de quelque tranquillité.

Rentré dans son appartement, Clotaire suspendit la cérémonie ; et, faisant appeler Euric, il lui signifia de ne plus songer à devenir l'époux de Théodelinde : le favori, dévorant et son affront et la peine cuisante qu'il ressentait, cachant sous un dehors calme les combats qui s'élevaient dans son

scin, d'un air soumis, promit d'd'oublier
'heureux avenir qui lui avait é été destiné. Quant à Théodelinde, elllle resta
dans le saint asile où Fortunantt lavait
placée, jusqu'au rétablissemennt de la
reine : bientôt cette princesse l la rap-
pela près d'elle.

~~~~~~

CHAPITRE IV.

Depuis quelques mois Chusène était éloignée de la cour ; Euric avait été la visiter après la rupture de son hymen avec la nièce de Gondemar ; il revint bientôt, et prévint le monarque que la santé de son ancienne favorite donnait à sa famille et à ses amis les plus sérieuses craintes : alors il supplia son maître de faire avertir le prince Chramne du danger imminent où se trouvait sa mère.... Un courrier fut dépêché sur la frontière où Chramne observait les mouvemens de l'ennemi.

Théodelinde fut ramenée près de sa

bienfaitrice; Clotaire, le farouche Clotaire semblait ne point s'apercevoir de son existence ; et , pour ne point fatiguer Radegonde qui était encore souffrante , il laissait cette jeune fille goûter tranquillement les douceurs d'une vie exempte de remords.

Un matin , Euric se présenta chez son maître avant qu'il n'eût quitté le lit : Seigneur, dit-il les larmes aux yeux, Chusène a payé sa dette à la nature , elle ne vit plus. Voici la lettre qui m'annonce son trépas. — Hé bien, que puis-je y faire? Chusène, par son caractère altier, avait mérité ma froideur : que le ciel lui pardonne ses fautes ; pour moi, je les oublie, et ferai prier pour elle. — Ses fautes, sire, sont effacées par le don précieux qu'elle vous a fait du prince Chramne...; vous l'aimez tendrement. — Il est vrai. Il le

III. 5

mérite. Il a tant de vertus, de qualités brillantes : il est digne du rang où je viens de l'élever. Soyez certain, Euric, que je regrette sincèrement la mort prématurée du Chusène. On lui rendra les honneurs dus aux secondes épouses des rois français. Mes ordres vont être donnés à ce sujet. Allez.

Chramne arriva pour être témoin des cérémonies funèbres rendues à la mémoire de sa mère : sa douleur, sa mélancolie touchèrent profondément Radegonde, qui engagea le roi son époux à chercher les moyens de dissiper une tristesse qui pourrait compromettre et la vie et la raison de ce fils qu'il adorait.

Pour suivre cet avis salutaire, le souverain ordonna de grandes parties de chasse, plaisirs toujours chéris par les têtes royales : en conséquence,

Clotaire ordonna que la cour, et les officiers de sa maison et de celle de la reine se rendraient à la forêt des Ardennes, pour y faire des battues générales contre les animaux féroces et dévastateurs, et de plus, contre ceux dont le caractère paisible et la frugalité n'ont jamais porté le moindre dommage à l'homme, qui cependant les poursuit, les terrasse et les massacre sans pitié : tant le cœur humain a de penchant à la cruauté, et combien il trouve de jouissance dans la destruction !

Toute la suite de Radegonde se trouvait composée des jeunes gens nobles : de Chramne, d'Amalafroy, de Théodelinde et de toutes les femmes des seigneurs, des feudataires et des capitaines qui marchaient sous l'étendard royal. Venaient sur les pas de

Clotaire les vieux courtisans, les évêques et les prélats.

Amalafroy, quoique moins âgé de quelques années que le fils de Chusène, avait pris pour lui la plus vive et la plus tendre affection : toujours ensemble, ils affrontaient les mêmes dangers et partageaient les mêmes plaisirs.

Souvent assis à l'ombre des chênes touffus, les deux jeunes princes se reposaient ensemble ; là, ils se juraient une éternelle amitié ; là, ils se promettaient que ni la puissance, ni les revers, ni même l'infortune ne briseraient les liens qui les unissaient.

Un jour, après avoir poursuivi inutilement un énorme sanglier, ils abandonnèrent cette proie à la foule des chasseurs : s'éloignant du tumulte, ils s'enfoncèrent dans l'épaisseur de la forêt, et causant librement ensemble,

ils oubliaient les intrigues de la cour,
les embûches que la perfidie y tend
sans cesse à la vertu, à l'innocence; ils
oubliaient leurs malheurs, et tous deux
désiraient peut-être habiter ensemble
une retraite aussi paisible et aussi
sûre.

Tout à coup les chiens des princes
se réveillèrent et se mirent en quête;
l'un d'eux se mit à japper fortement;
leurs maîtres les suivirent, et bientôt
les virent s'enfoncer dans un taillis
épais.

Le chien de Chramne était un lévrier de la plus grande taille, habile à
la course; habile à se saisir du gibier,
sa gueule triomphante le rapportait
aux pieds de son maître sans qu'il eût
éprouvé le moindre dommage : aussi la
main du fils de Clotaire se passait avec

orgueil sur le poil brillant de ce superbe animal.

Ne pouvant pénétrer dans l'endroit où les chiens avaient passé, ils s'arrêtèrent pour attendre leur retour, bien certains que l'instinct de ces animaux ramenerait leur proie vers leurs maîtres s'ils ne pouvaient l'abattre. Ils se tenaient prêts à seconder leur ardeur, quand le lévrier, franchissant l'espace avec rapidité, se montre à leurs regards avec l'ennemi qu'il avait vaincu ; il le dépose sur la terre à côté de son maître, et cherche à lire dans ses yeux s'il est satisfait de ses travaux.

Les princes s'emparèrent de ce sauvage trophée; c'était un jeune chevreuil qui venait à peine de naître : Chramne se saisit de son coutelas, et se disposait à le distribuer aux chiens haletans,

lorsque Amalafroy s'arrêta en disant :
Donne-le-moi, ami, donne-le-moi;
qu'il soit le gage vivant de notre amitié,
donne-le-moi. — Le voilà, dit Chramne,
le voilà; que ne m'as-tu demandé quelque chose de plus précieux : le voilà.
Ils s'embrassèrent : et le jeune chevreuil eut grâce de la vie.

Amalafroy consacra tous ses instans
à élever le docile animal; bientôt ses
soins furent couronnés du succès; accourant à la voix de son maître, ré-
pondant à ses caresses, et lui donnant
à tous momens les marques du plus vif
attachement ; gémissant lorsque le
prince s'éloignait, et refusant la nourriture d'une autre main que de la
sienne. Tel était l'animal auquel Amalafroy prodiguait de si doux soins :
aussi sa tendresse le para d'un collier
d'or richement travaillé, sur lequel

on grava ces mots : *Présent d'un ami.*
Ainsi s'écoulait la vie de l'aimable frère
de Radegonde.

Cette même chasse amena dans celle
de Clotaire un événement singulier , et
qui long-temps le rendit malheureux
et jaloux. Toujours impétueux, toujours
impatient , quelquefois il poursuivait
avec une ardeur infatigable , ou le
sanglier , ou le cerf agile ; abandonnant
la suite qui marchait sur ses pas , souvent il était seul dans les détours immenses de la forêt.

Le jour allait finir , déjà le soleil
était descendu sur l'horizon , déjà
l'harmonieux chantre des bois com-
mençait ses tendres modulations, quand
le roi de Soissons s'aperçut qu'il se
trouvait égaré, et qu'il avait suivi un
sentier inconnu qui l'éloignait des rou-
tes fréquentées.

Incapable de crainte, au-dessus des préjugés qui remplissaient alors l'imagination des peuples, Clotaire descendit de cheval, et, l'abandonnant à son instinct, il le laissa errer quelques instans sur l'herbe épaisse qui croissait en ces lieux ; lui-même, ôtant le casque qui ombrageait sa tête royale, s'assit sur le gazon, en attendant que son noble coursier se fût rafraîchi.

Tout était calme, tranquille, rien ne troublait le religieux silence de ces antiques bois : pour la première fois peut-être le fils de Clotilde se trouvait privé de cette foule qui assiége et les trônes et les avenues de la puissance suprême ; il était seul en présence de l'Eternel et de sa conscience : là, dégagé des attributs du pouvoir, sans flatteurs, sans amis, si les princes peuvent en avoir, il pouvait se juger, il pouvait

retracer à sa mémoire les actions qui
avaient rempli sa vie. Sans doute, plus
d'une fois le remords et la honte dûrent
faire monter la rougeur sur son front,
et s'il eût levé les yeux vers le ciel, les
ombres de ceux qu'il condamna injus-
tement se seraient présentées menaç-
çantes à ses regards épouvantés.

Le hennissement de son coursier le
tira de sa profonde rêverie ; il regarde
du côté où il entend un léger bruit ; un
guerrier se présente ; son casque et son
armure étaient noirs : Clotaire était déjà
debout. Que veux-tu, dit-il, toi qui
viens ici me surprendre ?—Je veux ta
vie, cruel..! Je puis te l'arracher.., tu
es seul et sans armes. —Prends-la, et
sois assassin..—T'imiterais-je..? Serais-
je le seul ? le sang innocent versé par
tes ordres réclame justice ; défends-toi.
Reprends ton épée, ton casque. — Qui

es-tu pour oser te mesurer avec un roi ?
— Un homme ! lorsque tu naquis , ap-
portas-tu sur la terre quelque marque
qui dût te distinguer des autres mortels... ? Quand tu redeviendras pous-
sière , ta couronne , tes richesses , tes
honneurs , auront-ils le pouvoir de te
soustraire à l'entière destruction.... :
défends-toi...—Ton nom, encore une
fois ! — Tu le sauras quand je t'aurai
vaincu. — Téméraire , je n'hésite plus,
et veux bien te faire l'insigne honneur
de me mesurer avec toi. — L'honneur...! celui dont les mains furent
toujours dégouttantes de sang... : dis
plutôt que c'est moi qui t'honore,
barbare...: commençons : et tous deux
ont le glaive à la main.

La fureur, l'intrépidité, l'adresse,
se déployèrent dans les deux adver-
saires. Cependant l'inconnu, soit qu'il

fût guidé par un motif sacré, soit qu'il possédât plus de force, ou que le ciel combattît avec lui, l'inconnu ne tarda point à désarmer Clotaire, et même à le blesser assez grièvement. —Ta vie est à moi..., dit-il en considérant le prince abattu à ses pieds, ta vie est à moi... Je pourrais te l'arracher sans crime..., je pourrais me venger, venger les miens, je pourrais user de représailles... Toi qui m'as arraché tout ce qui pouvait me rendre l'existence chère, je pourrais terminer d'un seul coup mon supplice; mais, Radegonde, je ferais couler tes pleurs. Qu'il vive, j'y consens..., qu'il vive ! non, non ! je ne puis vouloir que ta vertu soit flétrie par l'odieuse calomnie... Que ton époux reçoive de moi la vie...; qu'il la reçoive, et qu'il te rende grâces... — Tu aimes Rade-

gonde, s'écria Clotaire avec emportement, tu l'aimes ? — Oui , reprit
l'inconnu , oui , je l'aime..., et l'ai-
merai jusqu'à la mort... Regarde-moi ,
je suis Raoul ! et la visière de son casque
était levée. Le farouche regard du
roi de Soissons resta long-temps fixé
sur cette noble et pâle figure : après
un long silence , il dit : Oui, je t'ai
fait bien du mal ; je le ferais encore,
s'il était en mon pouvoir...! venge-toi,
car la haine que tu m'inspiras ne s'é-
teindra jamais ! — Et la mienne, penses-
tu qu'elle puisse s'affaiblir , le penses-tu ?
Non, notre destin est de la traîner jusqu'au tombeau... — Et même au-delà.
— Tu as raison, elle nous survivra.
— Je l'espère. — Haïssons - nous ;
mais toi cependant, oublieras-tu que
je t'ai fait grâce de la vie ! — C'est
encore un motif de plus pour qu'elle

soit immortelle. — Je m'éloigne ; ta présence, tes outrages pourraient me faire oublier ma résolution : n'oublie pas, roi de Soissons, que cette main, que ce glaive t'ont vaincu, t'ont désarmé. — Je ne l'oublirai pas ! Raoul était disparu.

Respirant la plus ardente colère, blessé, Clotaire fit retentir le bois du cor qu'il portait à son côté ; bientôt toute sa suite accourut à l'endroit où il se trouvait, et la reine ne fut pas la dernière à se rendre près de lui.

Sans daigner la regarder, sans daigner lui adresser la parole, il s'appuya sur le favori en disant : — Je suis blessé, cher Euric. Radegonde jette un cri en apercevant son armure inondée de sang ; elle s'approche, et veut lui prodiguer des secours ; il la repousse avec fureur, et ajoute : Femme indigne, jouis de ton ouvrage. — Que voulez-vous dire? — Silence. Ôte-toi de devant mes yeux. Triste, effrayée, tremblante, elle se retire pour aller sans témoins se livrer à sa douleur.

En vain elle s'interroge, en vain elle repasse dans sa mémoire les actions qui ont pu lui attirer un semblable traitement, aucune ne lui semble blâmable : qu'elle était loin de penser que l'homme qui si long-temps avait fait palpiter son cœur fût celui qui avait blessé le monarque, et dont la funeste bravoure attirait sur sa tête les reproches et le ressentiment de son époux.

Raoul avait été appelé par les Saxons réunis aux Thuringiens pour se mettre à la tête de l'armée qui allait combattre les Français; instruit dans sa route de l'arrivée de Clotaire à la forêt des Ardennes, sa haine et son amour se ré-

veillèrent; il forma mille projets : il
crut qu'il lui serait facile d'apercevoir
celle qu'il adorait toujours, et peut-être,
si le ciel le permettait, lui serait-il facile de trouver l'instant favorable d'as-
souvir une vengeance légitime. Se dé-
robant à tous les regards, il suivait les
pas de Radegonde et du roi ; plusieurs
fois il aperçut cette femme chérie :
plusieurs fois Clotaire s'offrit à ses
coups ; mais l'horrible idée d'un lâche
assassinat révoltait son cœur généreux ;
il résolut enfin d'attendre l'instant favorable où ce prince ne pourrait refuser de se mesurer avec lui. Il arriva,
et le monarque de Soissons sentit la
pesanteur de son bras.

Euric, dit le monarque après un
long silence, tu es bien loin de soup-
çonner la main criminelle qui osa se
lever sur moi! Ami véritable, que

n'ai-je suivi tes avis généreux! que
n'ai-je fait observer le serpent que
j'ai recueilli dans mon sein! Euric,
cette femme tant aimée, cette Radegonde à qui j'ai sacrifié amis, maîtresse, favoris; cette femme arme le
bras de son amant contre le roi qui
brisa ses fers, et qui l'affranchit
d'un honteux esclavage! Quelle récompense de mon amour! Comme un
vil assassin ce Raoul m'a surpris seul
et sans suite! quelle punition mérite
la coupable? réponds. Oh! Chusène,
quelle différence de ton attachement!
et je le méprisai. — Chusène vous
aimait, sire; pour vous seul.... elle
eût refusé les trônes des plus puissans
monarques de la terre pour ne vivre
que pour vous. Elle vous aimait, sire.
— Je le sais: paix à sa cendre, mais
réponds; je l'ordonne : ne crains rien.

— La reine est mon ennemie, je ne le puis. — Cesse de vains subterfuges : réponds, je le veux. — Eh bien ! la mort, ou quelquefois une éternelle prison furent les justes punitions de ceux qui attentèrent aux jours des souverains...; et ceux qui méditèrent le crime sont punis de même que ceux qui l'exécutent. Mais la reine ne peut être coupable, elle a trop de vertus. — Trop de vertus ! et l'indigne Raoul conserve encore de l'espoir.... Qui sait si ma mort ne les eût point réunis.... D'ailleurs, il va se joindre aux infidèles Saxons ; il est mon ennemi.., et l'ingrate n'ignore point son forfait... Peut-être se sont-ils vus quelques instans avant cet attentat.., peut-être comptait-elle les momens qui me restaient encore à vivre ! Euric, que le plus obscur cachot me réponde d'elle ! Va. — Mais,

sire, sans un ordre signé de votre main,
puis-je me permettre une telle action ?
puis-je, au milieu de votre cour, arrêter
la reine ? — Mon âme est tellement
troublée que j'oublie tout... Tiens, le
voici, va, ne tarde point. — J'obéis.
Et sur-le-champ il s'achemina vers la
tente de Radegonde.

Le favori baissa son orgueilleux regard en apercevant cette noble figure
où respirait l'innocence et la candeur ;
il s'avance avec timidité, et, saluant
avec respect sa souveraine, il déploie
l'ordre dont il est porteur, et le lit en
balbutiant.

Aucune plainte, aucune observation n'échappe de la bouche de Radegonde ; seulement elle pense à Théodelinde.—Me sera-t-il permis, dit-elle,
d'emmener dans mon exil la nièce de
Gondemar ? Ce nom augmente la haine

d'Euric; il répond :—Le roi ne m'a donné aucun ordre à ce sujet, madame. —
En ce cas, elle me suivra. Appelez
mes officiers, Euric. Il sortit, et bientôt on amena à la porte de la tente
son coursier et celui de Théodelinde.
Toutes deux les montèrent; une escorte de soldats les entourèrent, et l'on
prit la route de la Touraine.

Clotaire avait donné des ordres secrets à son favori, afin qu'il les trans-
mît à la supérieure du couvent où l'on
conduisait la reine; ils consistaient
à la priver de toute communication
avec qui que ce fût; à lui défendre toute
visite, toute société; à ne point lui
permettre qu'elle traçât ni reçût le
moindre écrit; enfin, de la retenir
prisonnière jusqu'à ce qu'il plût au
roi de la rappeler près de lui.

La supérieure s'acquitta scrupuleusement des ordres qu'elle recevait ; une cellule étroite fut l'asile d'une reine. Cependant l'impérieuse béguine voulut bien ne pas séparer Radegonde de sa chère Théodelinde : cette jeune fille fut logée près d'elle.

Aucune marque de courroux, d'impatience n'échappa à cette princesse : toujours calme, toujours pieuse, elle remplissait avec ardeur les devoirs de religion : bien plus, s'occupant d'actes de bienfaisance, prodiguant des soins assidus aux sœurs malades, consolant celles qui déploraient leur éternel esclavage, Radegonde obtint en peu de temps l'estime et les égards de la communauté entière.

La prieure se relâcha enfin de sa sévérité ; elle daigna visiter quelquefois la reine ; au-dessus de l'injustice, supérieure aux mauvais procédés, la

noble victime du roi de Soissons ne
marqua à cette femme aucun ressentiment de l'indignité de sa première
conduite. Trois mois se passèrent sans
que l'illustre fille de Bertaire reçût aucune nouvelle ni de la cour ni de son
époux : heureuse , elle ne regrettait
point les grandeurs ni l'éclat de la
puissance.

CHAPITRE V.

Un matin, assise près du chevet d'une sœur mourante, on vint l'avertir qu'un messager envoyé par le roi venait d'arriver; peu touchée de cette marque tardive de souvenir, elle continua la prière qu'elle adressait au ciel pour le salut de cette âme prête à quitter sa dépouille mortelle; quand ce pieux devoir fut terminé, Radegonde se rendit à la grille où le messager l'attendait.

Les sœurs n'osèrent point la suivre, le nom du roi leur en ayant imposé. Elle se trouvait seule; elle approche, et dit: — Envoyé de Clotaire, que veut-il de moi? me voici, parlez. — Madame, c'est Chramne qui ose se présenter devant vous... — Vous, prince, vous ici ? quel motif peut vous y conduire ? — L'injustice dont vous êtes victime, et l'audace de vos persécuteurs. — Que fait Amalafroy ? Que fait celui que je ne devrais plus nommer mon époux ? car enfin il m'a condamnée sans m'entendre... — Amalafroy est digne de vous appartenir... Amalafroy ne flétrira point le nom de ses aïeux... Quant au roi, madame, il poursuit le cours de ses exploits : mais permettez-moi de ne le point juger. Il est mon père, je ne puis que plaindre ses erreurs. Je viens ici, madame, pour vous servir, si vous daignez accepter et mes services et mon bras. — Depuis trois mois reléguée dans cette solitude, j'ai senti le néant des humaines

grandeurs ; depuis trois mois, mes jours
n'ont été troublés que par des souvenirs.... Je suis heureuse, et ne regrette
rien. — Mais votre vie, madame, est
entachée par la plus odieuse calomnie...
Si on en croit vos ennemis, votre
main a conduit la main qui blessa le
roi votre époux... — Moi, moi, prince !
ceux qui connaissent Radegonde ne
l'ont pas cru. Mais, seigneur, daignez
m'expliquer cette indignité.

—D'après les ordres du roi mon père,
j'étais parti depuis quelques jours pour
opérer la jonction de l'armée du roi
de Metz avec la nôtre, lorsqu'un événement incompréhensible vous éloigna
de la cour et du lit de Clotaire ; je res-
tai trois mois absent, et pendant ce
long intervalle j'ignorai ce qui se passait au milieu de la famille royale.

Je revins de l'armée rendre compte

III. 6

à mon souverain de nos travaux militaires, de nos progrès sur le territoire de l'ennemi, de ses défaites, de quelques revers que nous avions essuyés, et des forces qu'il fallait rassembler pour abattre un peuple belliqueux et indomptable. Quelle fut ma surprise, princesse, quand j'appris que vous aviez été éloignée de la cour, et reléguée dans un cloître! vous! vous, madame, qui n'aviez donné à la France que des exemples de vertu, de grandeur et de générosité! Les courtisans déclamaient hautement contre vous.... Un homme qui doit m'être cher.... pardonnez, madame, mais il fut un temps où je vous haissais...; ma mère vivait alors, je ne voyais en vous qu'une rivale aimée..., une rivale qui lui enlevait l'amour de mon père. J'étais injuste : pardonnez-moi. J'ap-

pris le crime qui vous était imputé :
j'en frémis, et ne le crus point. Dans
mes entrevues avec le roi, je pronon-
çai à dessein votre nom : un regard
foudroyant, un ordre impérieux m'im-
posèrent silence. Je sondai Euric, il
me confirma la haine de Clotaire, et
les sermens qu'il a faits de ne plus
vous revoir. Mais ce serment le fatigue, l'importune; mais il est triste,
soucieux : fuyant les plaisirs, fuyant
la cour, fuyant les travaux guerriers;
il reste tout le jour enfermé dans son
appartement, où le seul Euric a le
droit d'entrer à chaque moment. Pourrai-je, madame, vous dire ma pensée
tout entière? le pourrai-je? — Aimable prince, expliquez-vous. — Avez-
vous fait quelque tentative pour vous
disculper auprès du roi! — Me disculper! je ne suis point coupable. — Il

fallait alors demander qu'il vous enten-
dît. — En arrivant dans ces lieux , on
me signifia qu'aucune de mes lettres ne
serait envoyée : dès lors je ne fis aucune démarche auprès d'un époux assez injuste pour me punir sans savoir
si je l'avais mérité. Je me suis reposée
sur le temps et sur mon innocence.
— Hé bien , madame , écrivez à votre
royal époux, je lui remettrai votre lettre. — Non , prince , non , je ne le
puis. Etes-vous ici par son ordre ? irai-
je amasser sur votre tête une partie de
l'inimitié qu'il me porte ? je vous re-
mercie de votre offre généreuse , mais
je ne puis l'accepter. — Votre gloire,
votre renommée , votre caractère vous
imposent cette loi : ne laissez pas vos
ennemis triompher plus long-temps.
— Que m'importe leur haine? je suis
tranquille ici , rien ne trouble mes

jours. — Vous avez des devoirs à remplir : ceux de reine, d'épouse, de mère de vos sujets opprimés. — Et pourquoi demanderais-je une grâce, quand je ne la souhaite pas. Pourquoi vouloir que je sois encore exposée aux intrigues des favoris, aux emportemens, aux injustices de Clotaire? Je suis tranquille ici, et ne désire rien de plus. — Madame, excusez le langage que je vais vous tenir ; mais votre rang sur la terre ne permet point que vous fassiez abnégation de vous-même? Savez-vous si depuis votre éloignement de la cour il ne s'est pas commis une foule d'iniquités! Et les malheureux qui vous appellent à grands cris, qui tous les jours arrosent de leurs larmes les marches de l'autel, les abandonnerez-vous? Et ce jeune Amalafroy, ce frère tant aimé, ne le

reverrez-vous plus ! Madame , vous
connaissez la légèreté du roi ; il peut
encore former de nouveaux liens : par
votre indifférence pour lui , donnerez-
vous un tel scandale à vos États ! En
prenant la religion de Clovis vous avez
promis de suivre ses préceptes sacrés :
la charité , la foi, l'indulgence, la pitié , le mépris des grandeurs terrestres
forment les bases de cette religion
sublime ; ne voulez-vous donc point
vous y conformer? Ce langage me convient peu : moi, soldat, moi, jeune
encore ; moi ; fils d'une des nombreuses
maîtresses de votre époux ! Mais je ne
puis oublier les bontés que vous eûtes
pour moi ; je ne puis oublier les cris
du peuple qui vous redemande sans
cesse.... je ne le puis. — Prince, j'admire votre généreux caractère ; j'admire vos raisons, j'y cède.. Cependant,

j'étais heureuse ici.... je partageais ma
vie entre l'éternel et Théodelinde....,
j'étais heureuse..... — Théodelinde !
jeune et douce victime de la fatalité,
je te plains. — Daignerez-vous la voir,
seigneur ? — Non, madame. N'attri-
buez pas ce refus à la haine... Je l'estime et respecte son malheur. J'attends
votre lettre, madame. — Prince, restez
ici, je vais vous l'apporter incessamment. La reine retourna dans sa cellule,
et écrivit à Clotaire la lettre suivante.

Radegonde, reine, au roi de Soissons,

son illustre époux.

« Depuis trois mois reléguée loin du
» monde et bannie de la cour, j'ignore
» encore de quel crime je suis accusée!

» Comment puis-je me défendre ? com-
» ment puis-je réfuter d'odieuses ca-
» lomnies ? Je devais m'appuyer sur
» l'attachement, sur la bienveillance
» d'un époux et sur la justice que l'on
» doit attendre des rois. Je suis punie :
» et celui qui jura au pied des autels
» de me protéger et d'être mon sou-
» tien dans le cours de cette vie ora-
» geuse, m'abandonne à la rage de
» mes ennemis ! Le trône des souve-
» rains doit être appuyé sur des bases
» solides ; l'équité doit en être le fon-
» dement, la vérité et l'impartialité les
» colonnes, et tous leurs sujets doivent
» pouvoir en approcher sans crainte.
» Moi, qui ai le funeste honneur d'être
» montée au rang suprême, ne joui-
» rais-je pas des mêmes droits que le
» dernier des mortels ? Serais-je com-
» damnée sans être entendue ? Si le

» crime qui m'est imputé est indigne
» du pardon, je demande, sire, à être
» jugée publiquement; si je suis con-
» vaincue, je subirai mon arrêt sans
» murmurer; mais je suis accusée in-
» justement. Je réclame, sire, que ma
» gloire reprenne tout l'éclat dont elle
» brillait jadis : je dois à ma famille
» éteinte, je dois aux cendres de mes
» aïeux, je dois à la postérité, qui juge
» et qui flétrit les actions des princes,
» je lui dois de ne point me laisser
» abaisser plus long-temps; j'ai souffert
» une longue injustice, j'ai attendu....
» Le jour se lève enfin où je dois ré-
» clamer l'appui que vous me devez.
» Je ne demande aucune grâce, aucune
» faveur; je demande que ma conduite
» soit examinée par les pairs du royau-
» me. J'attends, sire, avec confiance, le
» résultat d'une démarche que vos pré-

» cédentes bontés auraient dû m'épar-
» gner.

» Radegonde. »

Elle scella de son cachet cette missive,
et revint auprès du prince Chramne.

Ce jeune homme avait espéré quelques instans que la reine pourrait lui
envoyer l'aimable nièce de Gondemar :
comme son cœur battait à cette pensée!
avec quelle attention il écoutait les pas
qui retentissaient sous les voûtes du
cloître! quelle émotion il ressentait
chaque fois que la porte s'ouvrait! Il
attendit vainement, la douce fille ne
parut point. Chramne cependant,
bien que son attente fût déçue, avait
de trop justes idées sur la décence im-
posée aux femmes, pour blâmer la conduite de Radegonde en cette occasion.

Euric était au comble de la puissance : Clotaire, dévoré par une peine secrète, laissait tomber en ses mains les rênes de l'Etat. Tout fléchissait sous l'orgueilleux favori. Déjà le monarque, soit la honte de revenir sur ses décisions, soit la crainte d'être taxé de faiblesse, ne prononçait plus le nom de la reine, et semblait l'avoir oubliée pour toujours.

Tous ceux qui entouraient le souverain avaient été remplacés par les créatures d'Euric; les moindres actions du roi, ses moindres paroles lui étaient rapportées exactement; même il avait placé dans la chambre du monarque un page entièrement dévoué à ses intérêts.

Ce page avait été pendant quelque temps le sujet des conversations de toute la cour : ne pouvant connaître ni son rang ni sa naissance, on se décida à observer sa conduite et ses démarches.

Fuyant la société de ses compagnons, il ne quittait jamais la chambre royale; partageant ses soins entre le monarque et Euric, il semblait les chérir tous deux également. On répandait sourdement le bruit que c'était une femme qui adorait le favori : bientôt ces bruits se dissipèrent d'eux-mêmes : le jeune page, par sa conduite sage et réfléchie, s'attira l'estime générale.

Le fils de Ghusène revint avec la lettre de Radegonde; aussitôt qu'il lui fut possible de se présenter chez le roi, il lui fit demander un moment d'entretien. Fatigué de la vie, en proie à la plus profonde mélancolie, heureux de revoir son fils bien aimé, Clotaire donna ordre que ce prince fût introduit à l'instant.

Chramne ploya le genou devant son père ; le monarque s'écria en lui tendant les bras : Viens sur mon cœur, viens, enfant de mon amour.... ; mais pourquoi t'éloigner de moi ! de moi qui t'aime, tu le sais. — Un devoir sacré commanda cette absence, sire. — Quel est-il ? — Sommes-nous seuls, mon seigneur ? puis-je parler en toute sûreté, — Tu le peux, mon cher fils. — Mais, ce page que fait-il ici ? qu'il sorte. A ce mot, le page tourna son doux regard vers Chramne ; ce regard exprimait un reproche... ; il émeut le prince, qui cependant répéta à voix basse : Il faut qu'il sorte, seigneur.., il le doit, s'il possède quelque délicatesse. — Sortez, Etienne, dit Clotaire. Il regarde Chramne, et s'éloigne enfin.

Restés seuls, le prince se remit à genoux, et présentant l'écrit de la

reine, il dit : C'est ainsi que je dois solliciter de votre bonté la faveur de parcourir cette lettre : sire, il est digne de
votre grand caractère de réparer une
odieuse injustice. — Donnez cet écrit,
donnez-le. De qui vient-il ? — Les ca-
ractères vous l'apprendront, sire; vous
ne pouvez les méconnaître. —Juste ciel,
de Radegonde, de la reine ! Qui vous
donna l'audace de vous mêler de cette
malheureuse affaire — Les cris, les
larmes des malheureux, qui redeman-
dent leur mère !—Elle est coupable.—
Connaît-elle le crime dont on l'accuse?
—C'est moi qui l'accuse. C'est moi qui
connus seul toute sa perfidie. Je pouvais ordonner sa mort; elle la méri-
tait... ; mais je fus faible : l'amour que
j'eus pour elle se révolta, je l'ai bannie. Quant à cette lettre fatale, je vous
la rends ; je ne la lirai pas. Je connais

ses ruses, sa duplicité ; elle me séduirait encore par sa fausse candeur et par d'artificieuses paroles : je ne la lirai pas. N'insistez plus, mon fils.

Aussitôt Chramne reprit le parchemin, en brisa sur-le-champ le cachet, et commença à haute voix la lecture de cette lettre, rejetée avec tant de dédain.—Que faites-vous? jeune homme, craignez les effets de votre désobéissance ! — La reine n'est point coupable ! — N'est point coupable ! elle qui aposta son amant pour m'assassiner ! — Si Raoul de Thuringe fut capable d'une telle bassesse, Radegonde l'ignorait ; j'en jure sur l'honneur.... — Et d'où vient tant de chaleur à la défendre ? — Quand tout le monde l'abandonne, je dois chercher à conjurer l'orage qui gronde sur sa tête. —Je vous ai dit, Chramne, qu'elle vou-

lait me faire assassiner par son amant...
— Sire, la reine est incapable d'enfan-
ter un forfait et de rêver le crime....
La reine est innocente. — Qui vous l'a
dit? — Radegonde, et mon cœur! —
O douleur cuisante! ô mon fils, vous
aussi me déchirez l'âme! Vous aimez la
perfide! — Non, mon père, non.
J'aime son noble caractère, j'admire
sa générosité ; j'admire la grandeur avec
laquelle elle sut immoler son attachement pour celui qu'elle allait nommer
son époux. Elle vous donna sa main
et sa foi, et ses peuples malheureux furent sauvés! — Pourquoi rappeler à
ma mémoire que jamais je ne possédai
son amour? Mais écoutez, mon fils,
et jugez entre moi et Radegonde. Clotaire raconta brièvement au prince la
scène de la forêt.

Seigneur, reprit Chramne, me per-

mettrez-vous une observation?—Parlez,
mon fils, parlez; je ne puis vous in-
terdire la défense de celle que j'accuse.
Le motif est trop louable pour que je
vous impose silence. Expliquez-vous.
Ah! si je pouvais entrevoir que je me
sois trompé.....! si elle pouvait être
innocente! parlez.

— Sire, avez-vous reçu la moindre
certitude que la reine ait eu quelque
entrevue avec le prince de Thuringe!
Un amant jaloux, un amant malheureux, ne peut-il tout entreprendre pour
recouvrer l'objet de sa passion? A présent, c'est comme roi, comme monarque que je m'adresse à vous! Ne
devez-vous pas justice au dernier de
vos sujets? Et pourquoi l'avoir bannie,
l'avoir condamnée sans savoir si elle
ne pouvait rien alléguer pour se disculp-
per du crime dont on l'accusait?

III. 6

Aucuns égards ne lui étaient-ils dûs ?
Comme reine, comme votre épouse, vos
peuples ont les yeux ouverts sur elle,
sur ses actions ; vous ne pouviez sans
crime, seigneur, flétrir sa gloire et
sa renommée ! Toutes deux vous appartiennent ; et, vous devez les illus-
trer autant que votre puissance peut le
permettre... — Prince Chramne, lisez
la lettre qui m'est adressée. Le jeune
guerrier obéit, et Clotaire l'écouta avec
attention.

Après cette lecture, le roi de Soissons garda un morne silence : sur ses
traits rembrunis se peignaient l'irrésolution et l'amour : plusieurs fois ses
lèvres s'ouvrirent pour prononcer quelques paroles, et plusieurs fois elles s'y
refusèrent.

Que résolvez-vous, sire? dit le
prince. — Un moment, laissez-moi res-

pirer, mon fils; je tremble d'être le jouet d'une femme infidèle...; et mon cœur sent trop vivement qu'il ne peut plus soutenir son absence : je l'ai trop aimée, l'ingrate...... Appelez Euric, mon fils. Contrarié par cet incident, Chramne ne put cependant se dispenser d'obéir.

Euric parut : Ami, dit le monarque, je viens de recevoir une missive de Radegonde; elle demande des juges : je crois qu'il serait de la dignité de ma couronne de souscrire à cette demande. — O ruse...! comment, sire, est-elle parvenue à tromper les saintes femmes qui l'entourent ? Et qui se chargea de ce message? — Ce fut moi, répondit le prince. — Vous! vous, fils de Chusène! Grand Dieu! et vous n'avez pas craint d'outrager les mânes de votre mère? Pourquoi vous être placé

entre cette femme et le roi ? Sa haute
sagesse ne distingue-t-elle pas ses ennemis de ceux qui lui sont dévoués ?
N'importe : si le roi l'ordonne , on
pourra rassembler des hommes intè-
gres pour prendre connaissance de cette
horrible cause. — Eh bien ! qu'un
officier précédé de gardes accompagne
le vertueux Fortunat ; que ce digne
prélat daigne se rendre à son couvent ,
et qu'elle revienne près de moi.... : mon
cœur le désire avec ardeur... Que j'ai
souffert pendant ces mois éternels....
Vous, Chramne, vous serez de l'escorte
de l'évêque : soyez prêt à partir demain
à la pointe du jour. Quant à moi, je
vais trouver le sage abbé, afin d'a-
paiser sa colère, j'y vais. Il se rendit
au palais épiscopal, et parvint à déter-
miner l'ami de la princesse à la ramener près de lui. L'aube paraissait à

peine, que déjà tout le monde était en route. Clotaire reprit une nouvelle existence et, subjugué par son amour, ne vécut que dans l'espoir de revoir bientôt son épouse.

Euric rentra chez lui, dévoré par les plus sombres soucis; faisant appeler le page du faible monarque : Eh bien! dit-il, Etienne, toutes nos mesures sont inutiles, nos plans sont évanouis.... Il la rappelle, — Cœur lâche! elle revient?

Oui. — Et qui se charge du soin de la ramener? — Fortunat et une nombreuse escorte; mais sais-tu quelle est la main qui renverse nos espérances? — Non. — Tu vas frémir.... Eh bien, c'est Chramne, c'est mon neveu, le fils de Chusène. — N'importe, son triomphe ne sera pas éternel! il sera semé de troubles et d'alarmes; plus d'une fois elle regrettera l'asile qu'ils

vont lui faire quitter. Tremble, fille
de Thuringe, tremble! un ennemi
mortel va se trouver attaché à tes pas;
tremble! Il l'attend sans doute avec
impatience? — Il a cédé sur l'heure;
une lettre a tout fait. — L'avez-vous
lue? — Aurais-je osé témoigner la
moindre curiosité! Clotaire respecte-
t-il quelque chose. Tout entier à sa
passion, il lui sacrifierait tout ce qui
l'entoure. Il est faible et cruel. — Laissons au temps le soin de notre vengeance.. Attendons, Euric! et les deux
perfides se séparèrent.

Bientôt un courrier vint annoncer à
Clotaire l'arrivée de Radegonde : ce
prince voulut donner à ce retour la
plus grande solennité; en conséquence,
il ordonna que tous les ordres de l'Etat
se tinssent prêts à recevoir leur auguste
souveraine.

La reine avait été agréablement surprise en revoyant Fortunat : quelques instans, elle refusa de quitter son asile ; mais le sage prélat lui fit envisager que son devoir était d'obéir à son époux et à son roi. Alors elle ne fit plus de résistance, et, montant dans sa litière, elle revint habiter le palais des rois.

En entrant dans sa chambre, son étonnement fut extrême d'apercevoir une immense quantité de vêtemens magnifiques répandus avec profusion sur tous les meubles de l'appartement; ses femmes s'approchèrent, et la supplièrent de permettre qu'elles l'en revêtissent, le roi l'ayant ordonné.

~~~~~~

CHAPITRE VI.

COMME une victime parée pour l'autel, la femme de Clotaire se laissa habiller ; une couronne de pierres précieuses fut posée sur son noble front ; un manteau d'azur, parsemé d'abeilles d'or, fut attaché sur ses charmantes épaules. Théodelinde eut sa part des présens du monarque ; et bientôt les deux princesses furent averties que le souverain de Neustrie les attendait dans la salle où ce prince rendait la justice. Cet appareil fit palpiter le cœur de Radegonde.

Un nombre infini de gardes précédaient la reine ; tremblante, elle s'ap-

procha du trône de son époux : un
siége lui fut présenté ; et le roi lui
ayant fait signe de s'asseoir, elle attendit avec quelque crainte la suite de
cette réception.

—Madame, dit Clotaire en se levant,
vous avez demandé à être jugée devant
vos pairs ; ils sont ici présens : ma colère ayant été publique, la réparation,
si elle doit avoir lieu, le sera de même :
répondez avec franchise et confiance.
Jurez devant Dieu de dire la vérité. —
Je la dirai, seigneur.

— Aviez-vous connaissance du guerrier Thuringien qui m'attaqua dans la forêt des Ardennes? — Non, seigneur. —
Etiez-vous prévenue du crime qu'il mé-
ditait? A cette question, Radegonde
garda le silence. — Vous ne répondez
point, madame? — Je ne le dois pas.
Je m'étonne, sire, que vous ayez pu

III.   7

me faire une semblable demande! J'at-
teste l'Eternel que j'ignorais que vous
eussiez été frappé par un guerrier qui
appartînt jadis à la déplorable Thuringe ; je l'ignorais. Bien que mon
cœur aime encore ma patrie, bien que
je n'oublierai jamais ses malheurs ; en
vous donnant ma foi, sire, j'ai dû
prendre les vertus d'une épouse ; et si
un des miens eût osé me faire part de
son projet criminel, je me serais offerte aux coups qu'il aurait voulu vous
porter...:. Mais, non, c'est un de mes
ennemis qui se sera servi de cette iniquité pour me perdre. — Le nom de
Raoul est-il effacé de votre mémoire ?
c'est lui ! — Raoul ! Raoul a pu commettre un tel forfait ! ô malheur,
comme tu avilis ! Les âmes les plus magnanimes, les plus vertueuses ne sont
point à l'abri de tes coups ! Raoul,

Raoul! et ses larmes coulaient en abondance. — Madame, s'écrie le roi, d'où viennent ces pleurs, songez-vous qu'ils m'outragent ? — Laissez-moi, seigneur, pleurer, gémir sur ce noble caractère qui vient de se dégrader lui-même ; laissez-moi.

Un silence d'étonnement succéda à ces paroles : Clotaire, le front et le regard étincelans de fureur, ne trouvait point d'expressions qui pussent rendre les sentimens qui l'agitaient : tous les assistans attendaient, en tremblant, qu'il s'expliquât; quand Radegonde reprit ainsi :

— Ce que je viens de dire vous paraît la conviction du crime qui m'est imputé : détrompez-vous, nobles pairs et seigneurs de France, détrompez-vous. Quelle femme serait assez hardie pour s'attendrir sur le sort de celui qu'elle

aima, s'il était vrai qu'ils eussent en=
semble tramé la perte de son époux !
Vous ne pouvez le croire : Raoul m'aimait assez, et me respectait trop pour
vouloir m'associer à ses fureurs : le roi
ne l'ignore pas, je ne le lui ai point caché ; j'ai plaint la triste destinée du
prince de Thuringe.... je l'ai plaint, et
je le plains encore....; quant au crime
dont il est accusé...., l'œil du Tout-
Puissant lit au fond des cœurs, il sait
s'il est coupable... : Il ne m'appartient
pas de le défendre ! Puisse le ciel lui
donner des remords s'il a voulu commettre un crime ! Pour moi, nobles pairs
et seigneurs de France, je ne puis que
répéter ce mot : Je ne suis point coupable ! J'attends donc de la justice
royale, ou ma punition, si je l'ai méritée,
ou le rétablissement de ma gloire ; et
de plus la proclamation de mon inno-

cence ; je l'attends. Quelle que soit la décision du roi , je m'y soumettrai. Seigneurs et pairs de France , je languis depuis trois mois, éloignée de tous les miens.

Clotaire étendit la main vers l'assemblée : Pairs de France , et vous , grands du royaume , je déclare que , trompé par de fausses apparences , ma jalouse fureur a fait subir à la reine un traitement indigne et d'elle et de moi : aveuglé par une injuste prévention, j'ai empoisonné sa vie par d'odieux soupçons : j'ai flétri sa vertu , sa gloire , sa renommée, en lui imputant un crime qui fut l'ouvrage de la fatalité. Je déclare donc ici devant vous que je l'absous de toute accusation , et qu'à l'avenir elle jouira des mêmes droits qui lui étaient dévolus avant ce fatal incident : je la déclare innocente, et la prie d'oublier mon injustice. Maire de mon palais, donnez la main à la reine et l'aidez à monter les marches du trône. Rade-gonde, avant de se placer aux côtés de son royal époux, se retourna vers l'as-semblée, et la salua respectueusement. Euric et son page, lorsqu'ils entendi-rent cet ordre, frémirent, et disparurent dans la foule.

La reine, rentrée dans son palais, demanda son cher Amalafroy : cet ai-mable enfant vint recevoir ses doux embrassemens. Elle l'interrogea sur les traitemens qu'il avait éprouvés dans son absence ; il lui fit connaître qu'Euric avait souvent abusé de son pouvoir en le traitant avec hauteur, et n'ayant pas pour lui les égards que son rang exigeait. La princesse leva les yeux vers le ciel, et gémit sur la versa-tilité des courtisans. Quelques instans

s'étaient à peine écoulés que Clotaire
parut, et lui témoigna de nouveau le
regret d'avoir été si long-temps séparé
d'elle.

Chramne entra bientôt ; ses yeux
se portèrent sur Théodelinde, qui,
encore émue, avait conservé sur ses
joues fraîches et vermeilles un reste
d'agitation ; ses belles couleurs étaient
plus vives, et s'augmentèrent encore
en apercevant le prince.

Sire, dit l'aimable Radegonde, mon
cœur éprouve une reconnaissance infinie de la confiance que vous avez
bien voulu prendre en mes paroles :
toujours, seigneur, oui, toujours, je
garderai le souvenir de tant de bontés ;
mais pourquoi vous fier aux vaines
démonstrations de ceux qui vou-
draient nous séparer ! Sire, ne ré-
venons plus sur le passé, et daignez

croire qu'aucune parole de courtisan ne mérite qu'on veuille y ajouter foi !

— Je connais tous mes torts, madame, et je me les reproche; cependant je dois vous l'avouer, cette extrême rigueur n'a pris sa source que dans un attachement fougueux, extraordinaire. Pour racheter tous vos déplaisirs, trop chère Radegonde, parlez, demandez mes trésors : demandez la puissance suprême, je suis prêt à vous tout accorder ; et à remettre les rênes de l'État entre vos généreuses mains !

— Seigneur, je n'abuserai point de cet ardent amour ; je vous demanderai seulement une grâce.... — Quelle est-elle ? rien sur la terre ne pourrait m'empêcher de vous l'accorder, si elle dépend de moi.... Expliquez-vous, ma tendre amie.—

Seigneur.., mais permettez que Théodolinde se retire chez elle : quant au
prince , il peut rester , si la moindre
curiosité se fait sentir à son cœur. La
jeune fille sortit en rougissant et en
baissant les yeux.

—Je voudrais obtenir de votre bonté,
sire , l'agrément de pouvoir disposer
de la main de ma pupille ; je crois avoir
lu dans son âme : et si vous approuvez
le choix que j'ai fait pour elle, je me
flatte qu'il fera son bonheur..... me
laisserez-vous ce soin ? Puis-je unir
Théodelinde à celui pour qui elle
éprouve un secret penchant....? —
J'ai promis , et suis trop heureux de
remplir un de vos désirs : quel est cet
époux ? Radegonde sourit et ne répondit pas à cette question ; mais son œil
fin et spirituel observait les mouvemens et la figure du fils de Clotaire.

qui , pâle , agité , avait peine à dissimuler les sentimens qui l'agitaient.

Ne pouvant se contenir plus long-tems,
il dit : — J'avais pensé que la nièce
de Gondemar était encore trop jeune
pour subir les lois de l'hyménée ! D'ailleurs, le roi trouvera-t-il l'époux
qu'elle distingue , digne de s'allier à sa
noble famille ? Le sang qui coule dans
ses veines est le sang de Clovis : son
fils ne peut et ne doit souffrir qu'il
soit avili. — Ne craignez rien , seigneur,
vous-même y donnerez votre assentiment. — Peut-être, madame. — Sire,
me permettrez-vous d'agir comme il
me plaira ? — J'y consens. — Mais,
ô monseigneur et père, il faut au moins
connaître le nom de celui qui est assez
audacieux pour oser s'allier à l'auguste
race des rois de France ! — Pardonnez,
reine, excusez mon impétuosité , son

nom ! — Si c'était vous, prince ! — Moi ! moi ! elle m'aurait distingué ! elle ! ô bonheur ! Vous me la destineriez, illustre Radegonde ; je le vois, vous voulez m'écraser sous le poids de vos bienfaits ! — Je veux que Théodelinde bénisse son sort et la main qui lui donne un époux ; en vous la confiant, je compte la rendre heureuse. O mon souverain, consentez-vous au vœu que j'ai osé émettre devant vous ? Ils s'aiment..... Dans cette journée, où tout nous est prospère, assurons leur félicité. Vous ne me refusez pas, ajouta-t-elle du ton le plus caressant. — Aimable enchanteresse, vous le voulez ; Chramne sera l'époux de votre protégée, bien qu'une plus haute alliance lui était réservée : l'empereur d'Orient désirait lui donner sa fille. N'importe, Radegonde le veut, elle doit être satisfaite. — Allez, prince, reprit la reine, Je vais disposer ma Théodelinde à vous recevoir. Allez! Clotaire resta seul dans son appartement, et la fille de Bertaire dans le sien.

Chère enfant, dit-elle en embrassant la princesse, je viens d'arrêter ton hymen : le roi veut bien consentir à me laisser maîtresse de ta destinée : j'ai décidé que dans quelques jours tu marcherais à l'autel. — Madame, j'étais loin de penser que vous voulussiez m'éloigner de vous.... Je suis si heureuse à vos côtés...., près de vous....: Qui sait si celui à qui vous allez m'unir aura pour moi la même indulgence que vous... — Je le crois, car il t'aime... — Grand Dieu, serait-ce encore cet odieux Euric ? — Ne peut-il y avoir que lui qui devienne sensible à tes douces qualités ; réponds ? — Madame, je n'ai vu personne autre. — Et Chramne! — Le prince ne m'a point parlé. Il m'intimide.... Je rougis, et je tremble lorsqu'il paraît devant moi.... Madame, je ne trouve pas le courage de lever les yeux devant lui.... Cependant je ne le hais pas.... oh, non. — En es-tu bien sûre! — Oui, madame, oui. — Eh bien, c'est lui qui recevra ta foi. — Madame..... N'est-ce pas un songe? et voulez-vous m'éprouver? — Enfant, que me reviendrait-il de te tromper! Ne t'aimé-je point! J'avais lu dans ton cœur : en t'unissant à Chramne, je t'assure la protection de Clotaire : peut-être un jour rejaillira-t-elle sur ton oncle malheureux. — Ah! si c'était possible! Mon oncle, mon oncle chéri verrait un plus doux avenir.... Oh! reine, permettez à ma bouche reconnaissante de baiser ces

augustes mains qui daignent sceller mon
bonheur ! Et la jeune fille était tombée
aux pieds de sa protectrice, et ses yeux
remplis de gratitude étaient fixés sur
les yeux de Radegonde. La princesse
la releva avec bonté et la serra tendrement dans ses bras. Toutes deux
au même instant passèrent dans la
chambre du monarque, où bientôt
Chramne fut introduit.

Clotaire confirma l'union arrêtée par
la reine : prenant les mains des futurs
époux, il les plaça l'une dans l'autre.
Otant de son doigt un magnifique anneau, il le mit au doigt de celle qui allait
devenir sa fille. Après cette scène touchante, il appela son page, et donna
l'ordre qu'on fît entrer les seigneurs
qui se trouvaient dans les salles pro-
chaines ; bientôt ils se présentèrent de-

vant le roi. Le souverain leur annonça
le mariage qui venait d'être conclu.

Euric ne put dissimuler son ressentiment : pâlissant et rougissant tour à
tour, sa colère était portée au dernier
degré. Quoi, pensait-il, je suis sans
cesse le jouet d'un barbare! avec quelle
cruauté il se rit de mes souffrances ! Je
triomphais, je régnais sous le nom de
ce roi faible et cruel en même temps.
Cette femme arrive, mes faveurs, ma
puissance, tout s'évanouit : et je souf-
frirais paisiblement de semblables outrages! O, vengeance ! ô fureur !
désormais vous serez mes compagnes
inséparables ; j'emploirai tous les
moyens humains pour perdre celle que
le sort a jetée, pour son malheur et
pour le mien sur mon passage. Ces réflexions avaient lieu au moment où

Clotaire recevait les grands de son royaume.

Bientôt on passa dans l'oratoire de la reine ; l'évêque Fortunat fiança Théodelinde et le prince, et la cérémonie du mariage fut fixée au troisième jour. Etonnés, tous deux ne pouvaient croire au bonheur qui les attendait.

Le roi de Soissons déploya la plus grande magnificence en cette occasion : le fils qu'il venait d'associer à sa puissance avait alors à tous les yeux les mêmes droits que s'il fût né d'une union légitime. Chramne en allant à l'autel portait sur le front la couronne royale, et Théodelinde reçut le diadème des mains du monarque des Francs.

Le jour qui précéda leur hyménée, Euric, ne pouvant vaincre son mortel déplaisir, entra chez son maître avant qu'un seul courtisan n'y eût été admis :

—Sire, dit-il, j'avais espéré que mes services, mon respectueux attachement
me sauveraient de l'affront que je reçois
aujourd'hui ; vous aviez permis, seigneur, à votre heureux favori d'aspirer
à une union qui eût fait tout son
bonheur........ Vous y aviez consenti ;
mais de trompeuses paroles firent éva-
nouir vos promesses.... Est-ce ainsi que
les rois doivent se jouer de ceux qui
leur sont dévoués ! Je viens ici vous
demander la permission de quitter la
cour : irais-je endurer de nouveaux affronts.... Sire, vous ne le voudriez pas.
— Partez, Euric, je ne vous retiens
point ; j'ai pu retirer ma promesse,
j'en étais le maître. Quant à la princesse que vous voudriez offenser par
vos discours, elle est votre reine, et
vous n'êtes que son esclave.... — Son
esclave !—Si je prononçais un mot, ce

7*

favori qui ose me braver ne serait-il
pas chargé de fers! Mais, partez, votre
présence me fatigue et m'importune;
vous haïssez Radegonde : depuis long-
temps j'ai découvert et j'ai épié vos
indignes artifices; partez, et que mes
yeux ne vous revoient jamais. — Je
quitte un prince ingrat, je quitte un
prince qui ne sait pas distinguer ses
serviteurs fidèles; oui, je quitte une
cour où la fourberie et l'iniquité triom-
phent! Ces paroles aigrirent le courroux de Clotaire, qui porta brusque-
ment la main sur son épée, et menaça
d'en frapper celui qui osait l'insulter
aussi grièvement : Euric, sans marquer
la moindre crainte, découvrit sa poitrine, et dit : Frappez, frappez, sire,
la mort me sera moins affreuse que
l'idée d'avoir perdu votre confiance.
Le monarque détourna la tête, remit

son glaive dans le fourreau, et faisant un signe à son favori, murmura : Sortez. Euric obéit et sortit à l'instant.

Aussitôt il fut trouver le page Etienne : Je pars, dit-il, ami ; le cruel me chasse. — Il te chasse? — Oui. J'ai fait quelques objections sur le mariage de Théodelinde ; oubliant l'attachement profond que j'avais pour lui, il se sépare de moi sans douleur, sans regret. O monstrueuse ingratitude! Mais que pouvais-je attendre de ce roi, de ce prince qui ne trouve d'autre plaisir que celui de se baigner dans le sang de ses parens et de ceux qu'il devrait aimer. Il faut partir, et partir sans pouvoir se venger; et de plus, chargé de honte et d'opprobre! — Ta honte s'effacera Ne resté-je pas en ces lieux? Pars, et abandonne-moi le soin du reste. Ils tombèrent dans les

bras l'un de l'autre et se séparèrent.
Le jour suivant Chramne devint l'heureux époux de la charmante Théodelinde.

Après la cérémonie sacrée, un festin somptueux fut donné aux grands du royaume : le prince, Clotaire, la reine et sa belle pupille se placèrent à la table royale ; les seigneurs y furent admis selon leurs rangs et leurs dignités; et la plus vive joie anima le banquet nuptial.

Un page servait avec la plus scrupuleuse attention le monarque français. Souvent Radegonde le surprenait les yeux fixés sur elle : ses regards respiraient la fureur, la vengeance, et malgré elle, les siens se détournaient de ce jeune homme.

Se penchant vers son époux, elle dit : Sire, je ne connais pas ce page qui se trouve derrière vous : quel est

il ? — Un allié d'Euric. — D'Euric !
Mais je ne le vois point; vous lui
avez donc permis de s'absenter en ce
jour, seigneur ; j'approuve votre bonté.
— J'ai fait plus, madame, je l'ai
chassé de ma cour. L'insolent osait
vous outrager. — Ah! si ses injures ne
regardent que moi, je lui pardonne :
peut-être, sire, ai-je froissé son âme...
Il ne peut encore l'avoir oublié... J'ai
rompu son hymen, et il aimait Théodelinde : un cœur blessé dans ses vives
affections pardonne rarement : ex-
cusez-le, et daignez le rappeler près
de vous : car enfin vous le chérissiez.
— Je ne m'en défends pas : il m'est
cher, mais souffrirai-je qu'il me brave
et qu'il vous insulte...? — Tout est
permis à l'amour malheureux : que
ce jour où vous assurez le bonheur

d'un fils tendrement aimé soit le jour de la clémence : son absence doit vous paraître insupportable. Euric possédait votre confiance : daignez, sire, daignez à ma prière le rappeler près de vous. — Puisque le sort a résolu que je doives toujours suivre vos avis, qu'il revienne. Etienne, volez vers votre ami, et dites-lui que la reine a obtenu son pardon. Radegonde sourit en regardant le jeune page; mais elle fut glacée de terreur en apercevant son farouche regard; elle détourna les yeux avec un sentiment de dégoût et d'horreur. Etienne salua et sortit de la salle du festin. Bientôt, accompagné d'un officier de Clotaire, il se rendit au château du favori.

Après que les deux amis se furent embrassés, Etienne dit à Euric avec

un sourire moitié sardonique, moitié
ingénu : — Le roi te mande, ami ; la
reine a obtenu ton pardon du souverain que tu avais offensé. — Mon pardon ! Et quelle fut ma faute ? — Le regard d'un monarque l'indique aux courtisans. Déplaire aux rois est un crime
irrémissible : tu as déplu. — Eh bien !
pourquoi me rappeler ? — Clotaire te
mande ; c'est tout ce que je puis te
dire : nous partirons demain. Euric ne
répondit point.

Les deux amis restés seuls s'exhalè-
rent en plaintes contre la faiblesse de
l'époux de Radegonde. Leur haine éclata
dans toute sa force : tous deux cher-
chèrent dans leurs âmes cruelles les
moyens de nuire à la femme vertueuse
qui leur portait obstacle ; mais, après
avoir inutilement inventé mille indignes,
ruses ils renoncèrent à leurs odieux

projets, en détestant l'amour dont le monarque brûlait pour elle.

Après avoir rêvé quelques instans, Etienne s'écria : S'il nous était possible de rendre le roi de Soissons infidèle! Tu connais son inconstance naturelle ; tu sais combien un nouvel objet peut avoir d'empire sur ses sens. Si quelque jeune beauté s'offrait à ses regards, il oublierait facilement celle qui nous fait tant d'ombrage! Ah! si nous pouvions rejetter dans son sein les tourmens qu'elle nous a fait souffrir! — Et que nous en reviendrait-il ? ne pense pas que Clotaire cesse d'avoir pour elle les égards dus à son rang et à son auguste personne : sa vertu, sa fierté, son noble caractère lui en imposent. — Si l'amour dont il brûle pour elle s'évanouissait, le barbare reviendrait à sa férocité, je le connais. Oh! si le sort offrait à mes

yeux une femme jeune, belle, avec
quelle joie j'enflammerais ce prince,
avec quel enthousiasme je vanterais ses
attraits! — Nos efforts seraient infruc-
tueux, il l'aime et la respecte. Etienne,
ne t'abuse point d'un vain espoir. —
J'y parviendrai, je l'ai juré : ne me
crois pas assez faible pour renoncer à
mes desseins; tant que ce cœur battra,
il doit respirer la vengeance. J'y parviendrai, je l'ai dit; mais je saurai me con-
traindre, je saurai renfermer dans mon
sein les sentimens dont je suis agité; le
sourire sera sur mes lèvres, et la vengeance fomentera sans cesse dans mon
être malheureux. Euric, ne peux-tu la
servir, cette vengeance? dis, ne pouvons-
nous ravir le bonheur à cette Radegonde? O jour heureux pour moi, que
le jour où je détruirais son pouvoir sur
l'âme de ce farouche Clotaire. Hélas !

III.   8

mon imagination s'égare... Le pouvoir
de ruiner sa félicité ne m'est pas réservé.
Etienne resta pensif quelques minutes ;
enfin il obtint d'Euric qu'il l'accom-
pagnerait le jour suivant.

CHAPITRE VII.

LE favori manda tous ses vassaux :
une femme âgée, soutenue par une jeune
fille, se tenait à quelque distance de
la foule : sa pâleur, sa faiblesse, prou-
vaient clairement que l'infortune avait
étendu sa main cruelle sur sa tête dé-
faillante : l'œil perçant du page aperçut sa compagne, et son cœur tressaillit
de plaisir et d'espérance.... — Regarde,
Euric, dit-il à voix basse, regarde cette
vassale, rien sur la terre peut-il lui être
comparé? Tremble, Radegonde: frémis !
voilà l'instrument de notre vengeance !
grand Dieu, rien de plus beau s'est-
il jamais offert à mes regards !

Euric était resté immobile à la vue de
la jeune fille : — Etienne, répond-il, non,
non, cette superbe créature n'ira point
grossir le nombre des conquêtes de Clotaire ! cette vassale m'appartiendra.

— Insensé, peux-tu mettre en balance
l'avantage de subjuguer entièrement
le roi, avec celui d'un plaisir éphémère :
l'ambition est-elle tout-à-fait éteinte
dans ton âme. — Non, mais penses-
tu que je veuille sacrifier mes goûts
et mes plaisirs à ceux d'un tyran ?
Cette fille m'appartient, elle embellira
ma solitude. — Faiblesse ! l'amour ne
domine que des âmes vulgaires. — Et
pourquoi dévore-t-il la tienne ? Un
sourire moqueur vint se placer sur les
lèvres du page. — Tu te trompes, Euric, c'est l'ambition déçue qui m'occupe
entièrement ; quant à l'amour.., depuis
long-temps il s'est évanoui.

—Vassale, dit Euric en s'adressant à la mère de la belle fille, pourquoi as-tu dérobé à mes regards le trésor que tu possédais? ne suis-je pas ton maître? Ton bien, tes enfans ne sont-ils pas ma propriété? — Ah! seigneur, s'écria l'infortunée à qui ces paroles cruelles s'adressaient, pardonnez aux craintes d'une mère! Ma fille est belle...., mes larmes coulent à cette pensée! Moi, malheureuse, je suis forcée de gémir sur ce don funeste; ce qui fait l'orgueil d'un cœur maternel fait le désespoir du mien. Oh! heureuse, heureuse la mère qui voit périr sa fille en sortant du berceau! elle ne ressentira point la douleur mortelle de la voir passer en de barbares mains! Hélas! tel est peut-être le sort qui t'es réservé, ô ma chère Nantilde. — Qui es-tu, femme, et pourquoi ces plaintes ? — Euric, je n'étais point née pour être ton esclave. Epouse d'un noble Saxon, qui périt en défendant son pays, sa fille et moi nous portons des fers. — Et si quelque jour ma bonté vous rendait un rang, des richesses ? La jeune Nantilde, qui jusqu'à ce moment avait tenu ses longues paupières baissées, les releva; son fier regard brillait d'espoir; un léger sourire errait sur ses lèvres vermeilles, ses yeux étaient pleins de douceur, et semblaient remercier le maître qui disposait de sa vie et de celle de sa mère.

Etienne a vu ce regard, il a lu dans l'âme de Nantilde; il connaît le sentiment qui l'agite. Voilà, pensa-t-il, voilà celle qui nous vengera ! je l'avais bien jugée; mais tâchons d'étouffer le caprice qui pourrait naître dans celle du favori ; il faut que cette belle fille soit offerte à Clotaire ; il faut qu'elle occupe la place de cette reine qui se trouve sans cesse entre le monarque et nous. Le page fait un signe à son ami, celui - ci s'empresse de renvoyer à leur pénible travail ses malheureux vassaux.

Un éclat de rire forcé sortit de la bouche d'Etienne. Je le vois, Euric, dit-il, je le vois, tu es amoureux de Nantilde ! — Cela est vrai. — Cette fille est belle. — Tu lui rends justice. — Qui pourrait m'en empêcher ? — Rien. — Que décides-tu ? garderas-tu pour tes plaisirs cette superbe créature ! — Oui, sans doute. — Oh ! cœur faible, cœur lâche, tu veux donc laisser éternellement triompher celle qui t'accabla d'affronts ? — L'amour me les fera oublier. — L'amour les effacera-t-il ?

mille femmes aussi belles que ton esclave peuvent s'offrir à toi ; ton rang,
ta fortune, ton immense crédit, peuvent en amener dans tes bras; mais,
si tu t'éloignes de la cour, auras-tu
les mêmes occasions ? Relégué au fond
de ce gothique palais, viendront-elles
t'y chercher ? Crois-moi, regagne l'amitié et la faveur du monarque; humilie
celle par qui tu fus humilié; venge-toi ?
Oh! que la vengeance doit être douce au
cœur ulcéré! crois-moi, suis les conseils
d'un ami. — Je verrai ; mais je reste
ici et ne retourne pas à la cour. Si
Nantilde pouvait m'aimer, pour elle je
renoncerais aux faveurs de Clotaire.
Ah! si je ne puis vaincre son indifférence, peut-être alors me rendrai-je
à tes avis. — Me promets-tu de la céder au roi, si elle reste insensible à
ton amour ? — Je le promets. — Je

compte sur ta parole. Les deux amis
se serrèrent la main pour garant de ce
traité.

Vers le soir, Etienne se fit conduire
près de la mère de la jeune Saxonne :
cette belle fille se trouvait seule dans
ce moment : le page, après s'être assuré
que personne ne pouvait l'entendre,
lui adressa ces mots :

— Si je ne me trompe, charmante Nantilde, l'état déplorable où languit votre
mère va bientôt cesser ; l'amour d'un
maître éloignera d'elle et de vous les
chagrins et le désespoir ; bientôt il or-
nera cet aimable front des roses du
plaisir : bientôt vous partagerez ses richesses et sa haute fortune. — Euric
croira m'honorer sans doute, en me
plaçant au rang de ses maîtresses ! je
naquis son égale, et je porte des chaînes ! Sort fatal ! malheureuse Nantilde !

esclave! — La main d'un amant les brisera. —Euric ne m'obtiendra qu'en me donnant le titre d'épouse. Je saurai m'affranchir de son pouvoir ; j'en connais les moyens. — Et comment? — En sachant mourir. — Si jeune, si belle. — La mort est préférable à la honte, et c'en serait une que de lui appartenir sans ce titre. — Euric est appuyé de la faveur de Clotaire. — Pourrais-je craindre ce monarque? — Oh ! non : si ce prince vous voyait, belle Nantilde, lui-même tomberait à vos genoux ; lui-même mettrait son orgueil à partager avec vous le trône et la puissance. Nantilde fixa le page à ces mots. Sa figure enchanteresse reprit quelque sévérité. — Un trône! murmura-t elle. Qu'il est doux de commander ! — Nantilde, reprit Etienne, partout votre beauté exercera son empire : j'ose vous l'assurer ; vous subjuguerez tous ceux qui auront le bonheur de vous voir et de vous entendre. — Etes-vous subjugué, vous, Etienne ? — Moi, moi, oh non. Je ne suis et peux être que votre ami. — Puis-je et dois-je vous croire ? vous êtes celui d'Euric. — J'en conviens ; mais je suis le page favori du roi de Soissons ; je possède sa confiance : quelquefois je me permets quelques conseils ; je sais diriger ses goûts et son choix ; je puis à mon gré faire pencher la balance en faveur de ceux que je protége : si Euric voulait abuser de votre déplorable situation, promettez-moi de recourir à mon peu de pouvoir, je saurais bien vous affranchir de la tyrannie qui peserait sur vous. Ah ! quelle serait la félicité de mon maître, s'il pouvait étendre sa main tutélaire sur ce front ingénu ; qu'il serait heureux d'essuyer les larmes qui coulent de ces yeux charmans ! Belle Nantilde, vous ne seriez plus confondue avec cette foule de femmes qu'un maître insolent prend et rejette à son gré : vous deviendriez l'ornement de sa cour. La jeune Saxonne gardait le silence ; seulement on voyait, au froncement de ses sourcils, que de singulières idées l'agitaient. Etienne voit que ce cœur est dévoré par l'ambition ; il juge que les obstacles ne viendront pas du côté de l'aimable Nantilde.

—Quelle confiance dois-je prendre en vos discours, dit-elle après quelques instans ; peut-être voulez-vous m'éprouver ; peut-être cherchez-vous à connaître ma pensée, afin de me perdre auprès de votre ami.... Sait-on jamais ce que les hommes pensent de notre sexe ? — Si par mon adresse je parve-

naîs à conduire Clotaire dans ce château, auriez-vous confiance en moi ?
— Je ne sais. — Écoutez, et jugez
quelle est ma position auprès d'Euric.
J'ai une sœur que j'aime avec une
tendresse infinie ; sa main est promise
à mon ami depuis nombre d'années ;
jugez si je ne dois pas employer tous
mes efforts pour conserver un époux à
une sœur chérie. Lorsque vous parûtes
devant le favori, je tremblai : vous êtes
si belle... ! Euric fut ébloui de tant
d'attraits ; il veut vous posséder à quelque prix que ce soit : il m'en a fait
l'aveu ; il croit avoir tout fait pour ma
sœur en lui donnant et sa main et son
nom. Ce fut par ces artificieux discours
qu'Etienne fixa l'irrésolution de l'ambitieuse Nantilde.

Tandis que des pervers tramaient la
perte de la vertueuse Radegonde, que

faisait cette noble princesse? Ses jour-
nées s'écoulaient dans de sages occu-
pations ; son active bienfaisance se plai-
sait à prévenir les besoins des malheureux : avec quel courage elle arrêtait
les emportemens de Clotaire ! combien
de larmes étaient taries par sa main compatissante! Que de tendres consolations
sa douce voix versait dans les cœurs
affligés ! Illustre fille de Thuringe, les
siècles ont dévoré tes cendres généreuses , mais ton auguste nom leur
survit ; ta renommée est encore debout ; on connaît tes vertus, on connaît tes malheurs, et les âmes sensibles
donnent encore un soupir au récit de
tes souffrances !

Cependant , ce courage, cette rési-
gnation, cette bienfaisance, et même
d'ardentes prières n'empêchaient point
un souvenir trop cher de se reproduire

sans cesse à sa pensée : ce Raoul infortuné, qu'était-il devenu ? dans quels
lieux traînait-il sa déplorable existence ?
Qui sait même s'il vivait encore ? Qui
sait, hélas ! si de farouches vainqueurs
ne lui avoient pas fait subir d'effroyables
tourmens ? Ces douloureuses craintes
jetaient encore sur celui qu'elle avait
aimé le plus puissant intérêt : tout
retraçait à sa mémoire les temps heureux de son enfance; ses jeux avec l'héritier de Thuringe ; son premier amour ;
l'espoir qui avait lui quelques momens
à leurs yeux, son hymen rompu par la
fatalité. Et Raoul lui apparaissait avec de
si grands avantages à côté de son époux !
des cris de désespoir, de douleur s'é-
chappaient de son cœur oppressé ; alors
elle courait aux pieds des autels, et
offrait au Dieu de clémence son désespoir et son malheur ; bientôt la pieuse

reine sentait renaître un peu de calme
elle priait avec plus de ferveur encore ;
enfin elle y trouvait un adoucissement
à sa peine mortelle. Ah ! qu'elles sont
douces les consolations offertes par la
religion ! que l'âme en présence de son
créateur ressent vivement le néant des
vanités humaines ; comme elle s'agran-
dit , comme elle pressent son immorta-
lité ! comme les intérêts vulgaires s'effa-
cent insensiblement , et qu'ils lui pa-
raissent frivoles ! Radegonde priait , et
ses douloureux souvenirs se taisaient.

Mais ce calme fut cruellement
troublé ; les généraux de Clotaire,
envoyés pour combattre les Saxons
rebelles, revinrent à Soissons ; le monarque les reçut avec honneur et
magnificence, et leur ordonna de faire
entendre aux prélats et au peuple le
récit de leurs exploits. Ils obéirent.

Après être entrés dans le détail de leurs opérations, après avoir énuméré les forces ennemies et celles de la France, ils ajoutèrent : — Sire, le Saxon avait une armée formidable, une armée animée de la plus violente haine contre nous : mais que ne peuvent des Français ? Ils ont combattu ; le Saxon est tombé ! Tous leurs capitaines, après s'être vaillamment défendus, ont succombé ! Un d'eux, ô regrets ! Pourquoi servait-il une malheureuse cause ? Que de courage et que de valeur ! Vingt fois il a ramené la victoire sous son étendard ; vingt fois il a fait fuir les nôtres : mais, enfin, la fortune l'a trahi ; elle a couronné nos efforts. Brave ennemi, jeune héros, reçois le tribut de nos larmes ! Il est beau de t'avoir vaincu ! Cependant nous te rendons justice ; nous aurions été heureux que tu mar-

chassés dans nos rangs! — Son nom!
dit le monarque avec impatience. —
Raoul de Thuringe est le nom de ce
guerrier. — Raoul, murmura la reine en
pâlissant. Clotaire lui lance un regard;
ce regard a glacé et refoulé sa douleur
jusqu'au fond de son cœur : elle
rappelle son courage et trouve assez
de force pour féliciter celui qui a
vaincu son amant. Mais sa pâleur,
mais le tremblement de ses lèvres et
de sa voix, indiquent assez les cruels
combats qu'il lui faut soutenir inté-
rieurement.

Ce fut dans le sein de Fortunat que
Radegonde exhala sa douleur cuisante;
ce fut devant lui qu'elle se permit des
plaintes. — Oh! mon père, disait-elle,
j'étais résignée à son absence; mais,
à son trépas.... Ah! grand Dieu, de-
vais-tu sitôt l'enlever au monde! lui!

O douleur éternelle ! Quoi, cher Raoul, jamais mes yeux ne te reverront ! jamais ! Ta mort me condamne à des regrets déchirans... Je conservais quelque espoir ; j'osais me flatter qu'enfin, le sort se lasserait de te persécuter ! Ah ! je n'espérais rien pour moi, le ciel en est témoin : mais tu pouvais jouir quelque jour d'un meilleur avenir : tout est fini pour moi... La mort... ! Que ce mot est horrible ! La mort ! Hélas ! qu'est devenue ta dépouille chérie ? Peut-être un peu de terre lui est-elle refusée ? Cher et malheureux Raoul ! O mon père, consolez-moi.... et pardonnez-moi.

— Ma fille, je n'ai pas voulu interrompre vos plaintes, elles sont naturelles ; mais pourtant, le rang où vous êtes montée, les nœuds que vous avez formés, vous défendent cette dou-

leur. Elle offense un époux, un roi.
Radegonde, vous ne vous appartenez
plus : votre âme, vos sentimens, vos
vœux sont le partage de celui à qui
vous êtes liée. Mais, ô ma fille! réflé-
chissez avant de vous livrer au désespoir! Vous regrettez Raoul! Est-il à
plaindre? Il est mort pour son pays;
il est mort en voulant l'affranchir du
joug odieux sous lequel il est abattu.
Raoul est plus heureux que s'il sur-
vivait à la déplorable chute de sa patrie!
Sa mort est cruelle pour ceux qui res-
tent ici bas et qui l'ont aimé : pourtant,
ne vaut-il pas mieux qu'il soit mort
en héros, que d'être condamné à
traîner des fers pendant une longue
et inutile vie! Ah! s'il a conservé un
instant quelque souvenir, il doit avoir
béni son trépas; n'était-ce pas la fin
de ses infortunes? Ainsi, ma fille, si

vous l'aimiez, ne le plaignez plus : priez, priez pour lui ! — Sage prélat, le Dieu que vous me commandez de servir, d'adorer, recevra-t-il mes prières avec bonté? Raoul, hélas! n'avait pas quitté les dieux de ses pères! S'il en était rejetté, si, banni pour l'éternité des parvis sacrés, l'espérance que je conserve de le revoir dans un autre monde se trouvait déçue... Ah! je l'avoue, même dans cet heureux séjour, où tout doit s'effacer, je regretterais encore sa présence.... Mon père, puis-je me flatter....? — Ma fille, ne cherchons pas à pénétrer des mystères que l'éternel a placés au-dessus de notre faible intelligence! Espérons! Eh! pourquoi douter de la bonté céleste? Punirait-elle celui qui ne la connaît pas? Mon enfant, mettons une confiance sans bornes dans ce Dieu qui fut

tout amour; dans ce Dieu qui s'est
sacrifié pour nous, misérables pé-
cheurs : n'en doutons point, sa tendre
charité s'étendra jusque sur les infortunés dont les yeux sont encore cou-
verts des voiles de l'erreur et de l'idolâtrie. Priez, ma fille, priez pour
Raoul; le ciel exaucera vos prières;
elles partent d'un cœur pur. Espérez
et priez. Fortunat parvint par ses pieux
avis à ranimer l'espoir dans ce cœur
déchiré.

Euienne revint près de son maître :
Clotaire fronça le sourcil en le voyant
seul. — Que fait Euric, dit-il d'une voix
éclatante , pourquoi n'a - t - il point
suivi tes pas ? — Sire , répondit le page
avec un sourire malin, Euric est occupé, Euric préfère le silence des fo-
rêts au tumulte des cours..:.. — Que
fait-il enfin ? réponds! — Sire, Euric

aime, Euric est sous le charme d'une
passion violente; et celle qui l'inspire
est d'une beauté remarquable; elle
mérite l'hommage de tous ceux qui la
verront; elle mérite celui de tout l'univers. — Je ne pense pas qu'elle puisse
l'emporter sur l'incomparable beauté
de la reine.... — Sire, il n'appartient
pas à un faible mortel d'établir de
comparaison entre les dieux et les ob-
jets terrestres : misérables humains,
nous devons adorer et nous taire.—Tu
as raison; et le roi de Soissons resta
quelques momens enseveli dans ses
pensées.

Cette fille est donc réellement fort
belle?—Sire, au-delà de toute expres-
sion. — Son nom ! — Nantilde. — Je
la verrai. — Sire, Euric la dérobe à
tous les yeux : la jalousie le rend dé-
fiant, soupçonneux. — Je la verrai.

Clotaire renvoya le page, afin de rêver aux moyens de pouvoir rendre visite au favori sans compromettre la dignité royale. Son plan fut bientôt conçu, et le jour qui devait offrir la belle Nantilde à ses regards fut arrêté dans sa fougueuse imagination; mais le destin en avait ordonné autrement, et Radegonde ne devait pas encore être la victime des complots de la perfidie et de la méchanceté; elle devait encore jouir de l'ascendant que sa vertu avait acquis sur le cœur et sur l'esprit de son royal époux.

Les capitaines du roi de Soissons, à qui la garde des villes soumises avait été confiée, envoyèrent à ce prince des messagers pour le supplier de venir se montrer aux peuples vaincus et à son armée triomphante. Contraint de remplir ce devoir nécessaire, le monarque fut forcé de remettre à son retour dans ses Etats le plaisir qu'il se promettait.

Suivi de la reine, des rois ses enfans, et d'une foule de grands, de seigneurs, de prélats et d'évêques, Clotaire, déployant une magnificence inconnue jusqu'alors, se disposa à parcourir les Etats que ses valeureux soldats avaient subjugués.

En entrant dans la Saxe, le roi fut entouré des chefs de guerre, des officiers, et de tout le luxe des camps; escorté d'un nombre considérable de soldats, ne voyant à ses côtés que ceux qui s'étaient enrichis des dépouilles des vaincus, le souverain devait croire que les malheurs de ces peuples abattus n'étaient pas aussi grands que la renommée s'était plu à le publier. D'ailleurs son cœur de pierre n'était point touché des misères humaines; indiffé-

III. 9

rent à d'autres maux que ceux qu'il ressentait, jamais la compassion n'avait su trouver le moindre accès dans cette âme cruelle.

Mais celle de la reine pressentait les misère qu'elle ne connaissait point encore : son œil, en se portant sur ces immenses plaines desséchées et dépouillées de leurs riches moissons, apercevait partout le ravage et les traces de farouches vainqueurs. Ces villages détruits, ces chaumières en cendres, ces monceaux de ruines et de morts ; ah ! tout répandait la tristesse, l'effroi et la désolation dans ce cœur rempli de la plus douce pitié.

Clotaire, traîné sur son char de victoire, ne daignait pas jeter un regard sur les vaincus. Méritaient-ils qu'il s'abaissât sur eux, sur eux, devenus esclaves ! Enlevant le patrimoine de

ces infortunés, le distribuant à ses soldats, arrachant les enfans des bras
paternels pour les emmener à la suite
de l'armée ; démolissant leurs temples,
et faisant exterminer ceux qui refu-
saient d'adorer le dieu qu'il adorait :
tel était le spectacle qui frappait souvent les yeux de l'auguste princesse ;
quelquefois pourtant elle suspendait les
farouches décisions de ce barbare ; ses
prières, ses larmes le désarmaient ; il
accordait enfin la grâce qu'elle solloci-
tait.

Cependant, ces peuples malheureux
apprirent l'intérêt que la reine prenait
à leur déplorable sort ; tremblans, ti-
mides, ils osèrent suivre le cortége de
leur protectrice ; bientôt Radegonde
les distingua parmi la foule qui les
accompagnait. Sa bonté compatissante

a deviné leurs misères : ses yeux
les ont aperçus. En voyant leur teint
hâve, leurs traits pâles, amaigris et
leur démarche chancelante, la fille de
Thuringe a senti son cœur déchiré.
Hélas! les siens furent en proie aux
mêmes infortunes; comme eux ils furent chassés de leurs foyers; comme
eux ils portèrent des fers; ceux-ci
errent encore sur le sol qui les vit naître. Hélas! bientôt, peut-être, ils mar-
cheront sur une terre étrangère. Infortunés!

Orgueilleux de tant de triomphes et
d'hommages, Clotaire avait presque
oublié la belle Nantilde; les cris de
joie qui accompagnaient les pas de sa
charmante épouse effacèrent de sa pensée celle qu'on avait voulu y intro-
duire. Etienne, l'adroit Etienne s'aper-

çut de cette indifférence; un instant il en éprouva le plus vif dépit; mais, se rappelant le caractère de son maître, son goût pour le changement, il ne désespéra pas encore du succès de son entreprise.

CHAPITRE VIII.

La mélancolie de la reine ne pouvait se dissiper par ces plaisirs tumultueux : le souvenir de Raoul absorbait toutes ses facultés, l'espoir était évanoui : la misère, le désespoir dont elle apercevait partout des marques récentes, achevaient de navrer son cœur. Mais son rang, mais le titre d'épouse, mais ses devoirs lui imposaient la loi de renfermer ses douloureuses sensations.

Le roi de Soissons poursuivait sa course triomphale ; et Radegonde se flattait de revoir incessamment la capitale de ses États : quand le duc Alain, souverain des Bavarois, lui envoya un ambassadeur pour le prier d'honorer de sa royale présence le pays qu'il gouvernait ; flatté de ces marques de respect, Clotaire promit de s'y rendre avant de rentrer dans son royaume. Malgré la répugnance de la reine, il fallut suivre le monarque.

En arrivant sur les frontières de la Bavière, le fils de Clovis fut agréablement surpris des honneurs qu'on lui avait préparés : partout des arcs de triomphe, partout des présens et des troupes nombreuses destinées à servir d'escorte à son char victorieux.

Le duc quitta son armée, et se rendit auprès du monarque qui l'honorait de sa visite : lorsqu'il lui eut fait hommage de sa foi de feudataire, il obtint du roi qu'il daignerait l'accompagner à son camp, afin que les braves soldats qui avaient partagé les périls et

les travaux des soldats français pussent
envisager le souverain pour lequel ils
avaient versé leur sang. Clotaire et Radegonde y consentirent, et ne tardè-
rent pas à se trouver au milieu du
camp des Bavarois, où le duc leur fit
les honneurs de sa tente.

Le jour qui suivit leur arrivée, ce
prince, voulant leur donner un diver-
tissement conforme aux mœurs sau-
vages de son peuple, fit élever une
arène immense, destinée aux combats
des bêtes féroces contre les prisonniers
vaincus sur le champ de bataille.

Après un repas somptueux, prenant la main de la reine, il se disposa
à la conduire à ce barbare spectacle :
ignorant les usages des Bavarois, Radegonde ne fit aucune objection et suivit
son guide sans répugnance.

Couverte d'un voile qui tombait jusqu'à ses pieds, et qui dérobait sa figure charmante aux rayons d'un soleil brûlant, elle se plaça sur le trône préparé pour elle et pour son époux.

Alors le duc Alain informa la reine des plaisirs qu'il se proposait de lui offrir : elle frissonna d'épouvante, un cri d'horreur lui échappa :—Moi, dit-elle, Seigneur, moi, rester spectatrice de ces scènes cruelles ! voir déchirer devant mes yeux des hommes, des êtres semblables à moi.. Jamais.. jamais ! — Restez, madame, dit Clotaire, restez, je le veux. Elle se levait pour sortir, quand les lions qu'on venait de lâcher dans l'arène s'y précipitèrent en poussant de longs et d'effroyables rugissemens.

Radegonde s'arrêta, un mouvement involontaire la fit retourner vers eux : de quel saisissement ne fut-elle pas pénétrée en apercevant les malheureux destinés à combattre ces furieux animaux ! leur nombre était de six, et trois lions affamés parcouraient l'arène en frappant l'air de leur queue formidable.

Armés d'une large épée, ils s'avancèrent en ordre de bataille : se serrant les uns contre les autres, ils tâchent de ne point laisser de prise à leurs ennemis : de tel côté que ces monstres cruels veulent les attaquer, ils rencontrent un glaive ; ils reculent, ils s'avancent, ils se précipitent, mais bientôt leur aveugle fureur ne leur permet plus d'apercevoir le danger.

La figure cachée dans ses mains et sous son voile, Radegonde ne voyait rien de ce qui se passait autour d'elle : chaque cri, chaque rugissement déchirait son cœur ! O barbares, disait-elle! ô Dieu de Clovis, tu permets de telles cruautés! et ses pleurs coulaient: Une voix éclatante la fit tressaillir. Amis, disait cette voix, courage, bravons la mort et nos tyrans! Imitez-moi! frappons et ne craignons pas! — Juste ciel, s'écrie la reine, c'est la voix de Raoul! ô Raoul, ô mon ami! Elle était évanouie!

Ce cri du cœur, ce cri déchirant, a retenti jusqu'au fond du cœur de celui qui combattait dans l'arène; c'est elle! dit-il, c'est elle! O Radegonde, ô ma bien aimée, qu'il me sera doux de mourir à tes yeux! mais non, je dois vaincre, tu m'aimes encore! il regarde, il la voit pâle, mourante; il gémit; cependant son courage n'est pas abattu, il défend ses compagnons d'infortune, il défend sa vie; Radegonde n'y prend-elle pas un vif intérêt!

Le duc Alain crut qu'un de ces prisonniers pouvait être un des parens de la reine de Soissons; aussitôt il ordonne à ses soldats de se précipiter dans l'arène afin de suspendre ce combat inégal : le prince de Thuringe voit leur dessein : Arrêtez, guerriers, s'écrie-t-il, arrêtez, nous ne voulons point de grâce : nous voulons triompher, ou mourir. Et son épée en même temps perce la gorge au lion le plus acharné.

Habitué dès son enfance à attaquer les ours et les sangliers dont les bois dont la Thuringe étaient infestés, Raoul ne fut pas intimidé de la présence des ennemis qu'on lui opposait : persuadé que, dans un grand danger, le sang-froid était nécessaire, ce prince conservait le sien, lorsque le cri et la présence de Radegonde faillirent le lui enlever. Mais il a vu sa crainte, sa frayeur mortelle ; il doit vivre, puisqu'il est assuré de lui être cher encore : il rappelle toute son énergie, il chasse de son âme cette indifférence pour la vie et pour la gloire, qui y avait pris naissance le jour où il se trouva privé pour jamais du bonheur de lui appartenir.

La reine ouvrit enfin les yeux : son regard parcourut cette arène sanglante : ô joie, ô délire du cœur ! déjà deux lions gisaient sur la terre, et le prince combattait le dernier ; en vain l'animal rassemble toutes ses forces ; en vain il cherche à saisir son ennemi : Raoul l'attend, et à l'instant où il s'élance sur lui, Raoul l'étreint de ses bras nerveux, et le serre fortement ; ses amis accourent, et plongent leurs épées dans son sein palpitant. Il expire en pous-

sant un long et douloureux rugissement.

Les hommes, de quelque nation qu'ils
soient , sont toujours enthousiastes de
la véritable valeur ; mille cris retentissent de toutes parts : les spectateurs
se précipitent au milieu du cirque , en-
lèvent les vainqueurs , brisent leurs
fers , et les portent en triomphe. Tel
était l'hommage que ces barbares ren-
daient au courage.

Radegonde voit son amant couronné
par la multitude ; son noble front est
ceint d'une branche de chêne , arbre
long-temps adoré dans la France ; cette
allégresse , ce triomphe l'enivre ; oubliant Clotaire, oubliant l'univers pour
ne voir que celui qu'elle aime encore
si tendrement , celui dont elle a pleuré
la mort ; faible elle joint sa voix aux
mille et mille voix ; et ses mains char-

mantes se mêlent à celles qui font
retentir l'air de leurs bruyans applau-
dissemens.

Alain, s'adressant à la reine, dit :
Madame, le vainqueur est libre, il
peut à présent retourner dans sa patrie:
mais si je ne me trompe, il vous inté-
resse, daignerez-vous lui offrir l'épée,
la lance et le bouclier dont le peuple
bavarois l'honore ? daignerez-vous permettre que je l'amène à vos pieds ? —
Non, duc, s'écria Clotaire, non, je
n'y consens pas. J'ai de graves sujets de
plainte contre ce guerrier ; non, je
n'y consens pas. Si je ne retenais ma
colère, mon glaive se baignerait dans
son infâme sang... — Sire, on peut
vous venger.. ; on peut le soustraire à
l'enthousiasme du peuple... : ordonnez.
—Clotaire, dit Radegonde en joignant
les mains Clotaire, épargnez-vous un

crime : que cet infortuné fuie, s'éloigne... : Clotaire, ayez pitié de ma douleur mortelle ! Clotaire, ayez pitié de
votre âme !

Le roi lance sur elle un regard foudroyant, saisit sa main, et l'entraîne
après lui. La princesse le suit en tremblant : mais son dernier regard est pour
Raoul ; les Bavarois l'entourent, le fé-
licitent : elle espère que ce peuple ne
souffrira point qu'il lui soit fait aucun
outrage. Fortunat, qui accompagnait le
cortége royal, se mêle dans la foule,
et cherche à embrasser un ami malheureux. Il y parvint, et Raoul eut encore
un moment de plaisir sur la terre.

— Partez, prince infortuné, lui dit
l'évêque, partez ; un plus longs éjour
pourrait être funeste à la reine, et à
vous peut-être : j'ai vu le courroux
éclater sur le front de Clotaire... Ah !

croyez-moi, ne tentez pas la férocité de ces barbares ! Le peuple peut vous protéger quelques instans ; mais que ferait-il contre les piéges tendus dans le silence des nuits ! Pour le repos de Radegonde, pour votre sûreté, partez, cher Raoul, partez. — Hélas ! mon digne ami, n'ai-je pas promis de la fuir à jamais ! je pars, oui, je pars à l'instant même. Il s'embrassent : le prince de Thuringe monta le coursier qui était échu au vainqueur. Il partit en soupirant.

Revenu au palais du duc de Bavière, le roi de Soissons, l'œil en feu, et tous les traits enflammés par la colère, aussitôt que son épouse fut seule, s'empressa de passer chez elle : Madame, dit-il, vous avez dévoilé aux Bavarois votre honte et la mienne : vous avez par vos cris, par votre faiblesse, fait connaître la flamme adultère dont vous

9*

brûlez : demain , vous reprendrez la route de mon royaume , et dans une retraite sûre vous attendrez votre sort.

—Je ne m'oppose point à votre sévérité , seigneur : cependant je puis jurer que, si le dernier de mes Thuringiens se fût trouvé dans l'affreuse position du fils d'Hermanfroy , il aurait de même arraché de mon cœur ces marques de pitié : vous, sire , qui me faites un crime de mon amitié pour lui , daignez vous souvenir que le jour où vous reçûtes ma main , ma foi, je vous déclarai que jamais le souvenir de cet infortuné ne s'effacerait de mon âme : cette promesse solennelle ne rompit point vos desseins : je fus votre épouse. — J'avais , madame , compté sur votre vertu. — Ai-je manqué à mes devoirs , à cette vertu que vous invoquez ? tout d'ailleurs n'a-t-il pas

fortifié l'attachement que jj'avais pour
celui que vous haïssez ? Less inœuds du
sang , notre enfance écoulée ensemble ,
nos jeux , notre adolescence , notre
jeunesse , mes malheurs aussi avaient
augmenté l'amour qu'il avait pour moi.
J'obéirai , seigneur , à vos ordres suprêmes. Et la reine garda le silence
après ces mots. Clotaire sortit en disant : Demain l'aube du jour vous verra
quitter ces lieux. Radegonde fit avertir
Fortunat de se rendre auprès d'elle
au lever de l'aurore. A l'heure pres-
crite , elle quitta le palais du Bavarois.

Aussitôt le départ de la reine ,
Etienne sut avec adresse rappeler le
souvenir de la belle Nantilde ; il vanta
ses attraits, les exagéra même , et l'i-
magination de Clotaire , enflammée
par ces récits , ne put goûter un moment de repos qu'il n'eût satisfait

son ardente curiosité. Il prit congé du duc Alain, oubliant et Raoul et sa vertueuse épouse : son cœur, toujours disposé à de nouvelles amours, se complaisait avec ivresse dans l'espoir de posséder bientôt un objet doué de charmes ravissans.

Etienne eut soin d'envoyer à Euric un homme affidé pour l'avertir de l'arrivée du monarque : assez contrarié de cette visite, prévoyant l'issue de son amour pour sa vassalle, Euric ! quoique épris de sa beauté, se disposa à la céder, non sans murmure, au maître dont il attendait et la puissance et de nouvelles faveurs.

Entraîné par l'aile des désirs, et de la plus vive impatience, le roi de Soissons a bientôt franchi l'intervalle qui les sépare des possessions d'Euric : enfin il aperçoit les antiques tours de son château, il pique sonn coursier, devance tous les siens ; arrive sous les murs fortifiés, sonne lde cor suspendu à la porte principale, sse nomme, et les chaînes pesantes ssont détendues pour laisser le passage libre au fils du grand Clovis.

Euric est accouru à la voix de son prince : mettant un genou en terre, il baise les mains royales, et paraît douter de l'honneur qu'il reçoit : c'est mon auguste souverain, disait-il, qui vient visiter son humble serviteur ! C'est lui ! ô bonheur ! murs élevés par mes ancêtres, réjouissez-vous ! l'illustre Clotaire vient honorer votre toit hospitalier ! O mon maître ! jamais je n'aurais espéré un si grand honneur. Le roi le relève et le presse dans ses bras.

Aussitôt on prépare un repas magnifique : pendant ce temps, Euric fait parcourir à Clotaire ses enclos, ses parcs, ses possessions : leur étendue étonne le monarque; il sourit, et pense que la place de favori d'un souverain est une place lucrative.

Le repas n'attend plus que l'hôte illustre, Euric le conduit à la salle du festin : une table immense était dressée, mais celle où devait être le roi se trouve séparée; au-dessus d'elle on avait élevé un trône; Clotaire le voit, et dit : Ici point de distinction, je suis chez un ami. Il se met à table, permet à sa suite de se ranger autour de lui, et réserve à ses côtés une place pour son cher Euric.

Les premiers besoins apaisés, le prince demande au favori s'ils vont être privés pendant ce long repas de la présence des femmes : — Serais-tu jaloux, ami, dit-il en lui frappant sur l'épaule?

ne puis-je voir celles à qui tu prodigues
ton amour ! — Sire, elles sont indignes
des regards de votre majesté.. — N'importe, je veux les voir. — Sire, épar-
gnez-moi. Aucune d'elles ne pourra
soutenir la comparaison avec l'illustre
Radegonde... Elle est si belle , si vertueuse... — Silence. Fais amener devant moi , à l'instant même , toutes les
femmes que renferme ce château. J'ai
parlé ; obéis. Euric s'incline, et parait
obéir avec la plus grande répugnance.

Elles furent amenées , à l'exception
d'une seule. Euric a voulu augmenter
ses ardens désirs. Secondé par Etienne,
ces deux ambitieux désirent maîtriser
leur souverain par l'empire des sens, et
par les charmes de la beauté qui leur
sera dévouée.

Clotaire s'avance vers ces femmes
avec impétuosité. Il soulève les voiles

qui ombragent leurs attraits. Là plupart sont belles; mais aucune d'elles ne possède cette beauté enchanteresse dont le page lui a fait un si pompeux récit : d'ailleurs, un signe échappé à son adresse instruisit Clotaire, que l'adorable Nantilde n'était pas au nombre des femmes présentées à ses yeux.

— Il en manque une, s'écrie le monarque. Voudrais-tu me tromper, moi qui t'ai comblé de tant de biens et de tant d'honneurs? Conduis ici à l'instant celle que tu veux soustraire à ma vue. — Sire, je l'aime, et peut-être en suis-je aimé... — N'importe; qu'elle vienne! — Vous allez être obéi, quoi qu'il m'en coûte. Euric sortit.

Nantilde attendait avec impatience le moment d'être présentée aux regards du roi de Soissons. Détestant l'esclavage, détestant la perte de ses richesses, elle osait espérer que sa beauté pourrait lui rendre et le rang et la fortune que la guerre lui avait enlevés.

En voyant entrer le favori, son cœur tressaillit de joie et d'espérance. — Nantilde, suivez-moi, dit-il ; Clotaire demande à vous voir. — Moi, seigneur, répond-elle en tremblant, et affectant la plus grande timidité ; moi, votre esclave ? — Bientôt vous ne le serez plus ; venez. Lui prenant la main, et jetant un voile sur sa belle figure, il la conduisit à la salle du festin.

Les yeux baissés, l'air candide, la démarche incertaine, Nantilde, vêtue d'une robe de lin éblouissante de blancheur, et le front caché par un tissu léger et transparent, s'avança au milieu des convives. Euric la plaça vis-à-vis de son maître ; et, enlevant la gaze qui cachait ses traits admirables,

III.   10

dit : O mon noble maître! regarde, et contemple celle que j'offre à ta vue. L'âme de Clotaire passe tout entière en ses regards : il la fixe, il la voit, et l'adore déjà. Vertueuse Radegonde, il manquait ce trait à ta douloureuse destinée !

Le monarque se lève avec transport. — Fille charmante, dit-il, quel est le pays qui peut se glorifier de t'avoir vue naître ? — La Saxe. — Quel fut ton père ? — Un guerrier vaillant et généreux. — Son rang ? — Ses aïeux et lui défendirent toujours la patrie contre l'ennemi... Prince, il n'est plus ! Son pays cependant gardera toujours le souvenir de ses vertus! Ma mère et moi, nous portons des fers !... — Belle Nantilde, qu'ils soient brisés !... — O magnanime souverain, s'écrie - t - elle en se jetant à genoux, reçois l'ex-

pression de ma gratitude ; reçois-la. Et
l'ardent Clotaire, la relevant avec viva-
cité, imprima ses lèvres avides sur le
front de l'ambitieuse beauté. Elle voit
son trouble, ses désirs brûlans : une
rougeur aimable colore son teint, elle
baisse ses longues paupière, sourit ; et
ce sourire a rendu le roi de Soissons
le plus amoureux des hommes.

—Euric, dit-il, tu vas me suivre à la
cour : la belle Nantilde et sa mère nous
accompagneront. Je vais leur rendre un
rang, des richesses ; je veux qu'elles
n'éprouvent à l'avenir aucun regret.
Jeune Saxonne, les murs de Soissons
vont s'enorgueillir de te posséder. Par-
tons à l'instant même. Il ordonne, et
tout le monde s'empresse d'obéir. Bientôt Nantilde et sa vénérable mère quit-
tèrent le château du favori.

Cependant la noble Radegonde, ramenée par l'exil dans le palais du Vermandois, qui déjà lui avait offert un asile loin d'une cour trompeuse, coulait tranquillement ses jours sans s'inquiéter des intrigues des favoris et de celles qui captivaient le cœur de son époux : elle vivait paisible, et de plus, à chaque instant, de sa main compatissante s'échappait un bienfait : aussi les peuples adoraient-ils leur souveraine.

Euric et Etienne, satisfaits d'avoir subjugué leur maître, reprirent leur ancien pouvoir ; Nantilde eut le don d'enflammer son amant par ses caprices, par sa douceur, et par une tendresse feinte ; bientôt elle eut les mêmes prérogatives que les maîtresses des rois de France ; cependant son ambition désirait un plus illustre titre ; mais le souverain, bien qu'ardemment épris , ne paraissait point disposé à satisfaire ce désir ; aussi la coquetterie de la Saxonne sut-elle retarder sa défaite et le triomphe du monarque.

L'éloignement de la reine fit renaître son amour et son respect ; la froideur avec laquelle Clotaire était accueilli partout lui fit connaître que ses sujets n'approuvaient point l'abandon où il la laissait : ayant besoin de ses sages avis, ce prince lui envoya l'ordre de reparaître dans sa capitale.

Nantilde fut blessée cruellement en apprenant cette nouvelle ; jusqu'à ce moment elle avait cru possible de maîtriser cet esprit indomptable : dévorée de soucis, craignant de perdre son pouvoir sur le cœur de son maître , elle consulta le page, qui éprouvait aussi de cette résolution le même déplaisir.

— Il faut céder, belle Nantilde, lui dit-il, il faut céder, si vous voulez gouverner ce prince; votre vertu le fatigue, l'importune; feignez surtout, feignez d'ignorer l'ordre qu'il a donné...Cédez, et demain l'ordre sera révoqué. Dois-je le dire? vos caprices l'ont éloigné de vous... Employez toute votre adresse à le ramener..., car il peut vous échapper......; et la reine reprendre son empire sur ce caractère farouche. Cédez, belle Nantilde, cédez, ou le château d'Euric vous reverra.

Profitant de ce conseil, lorsque Clotaire lui fit sa visite accoutumée, elle reçut ses ardentes caresses et ses embrassemens avec grâce et complaisance; le roi, au comble de ses vœux , lui promit de remplir tous les désirs qu'elle pourrait former. La belle Saxonne reçut cette promesse , et rendit enfin ce prince le plus heureux des mortels : l'ombre de la nuit voila leurs plaisirs et la honte de l'ambitieuse Nantilde.

FIN DU TROSIÈME VOLUME.

www.ingramcontent.com/pod-product-compliance
Lightning Source LLC
Chambersburg PA
CBHW061502030726
47503CB00005B/1785